Einaudi. Stile Libero

Dello stesso autore nel catalogo Einaudi

Teneri assassini
Romanzo criminale
Nero come il cuore
Nelle mani giuste
Onora il padre
Il padre e lo straniero
La forma della paura (con M. Rafele)
I Traditori
Giudici (con A. Camilleri e C. Lucarelli)
Io sono il Libanese
Cocaina (con M. Carlotto e G. Carofiglio)
Giochi criminali (con M. de Giovanni, D. De Silva e C. Lucarelli)
Nell'ombra e nella luce
Suburra (con C. Bonini)
La notte di Roma (con C. Bonini)
L'agente del caos
Io sono il castigo
Tre passi per un delitto (con C. Cassar Scalia e M. de Giovanni)
Un cuore sleale
Il suo freddo pianto
La Svedese
Colpo di ritorno
Il bacio del calabrone

Giancarlo De Cataldo
Un cadavere in cucina
Un caso per Manrico Spinori

Einaudi

www.einaudi.it

ISBN 978-88-06-26931-9

Un cadavere in cucina

a Tiziana

1.

Cullato dalla mite risacca di un inerte pomeriggio senza vento, sprofondato nella sdraio preferita, il pubblico ministero Manrico Spinori assaporava l'oblio del luglio pontino. I bambini che affollavano il vicino stabilimento *La Medusa* giocavano a schizzi d'acqua e bombe di sabbia, in un acuto vociare interrotto da improvvise, finte esplosioni di collera. Il dormiveglia rendeva persino sopportabile l'ossessivo martellare della tecno music con cui gli altoparlanti del *Duca Bianco*, la discoteca alla moda pur lontana chilometri in linea d'aria, inondavano il litorale di Sabaudia. Manrico adorava quel tempo sospeso di profumi iodati, ne godeva lo spirito intriso di assenza, sarebbe rimasto per sempre in bilico fra il sopore sensuale della calura e il fascino abissale del sonno.

– Dormi, figlio?

Donna Elena si schiantò sul lettino accanto, accompagnata da un piccolo spruzzo d'acqua. Manrico articolò un grugnito quasi impercettibile. Intravide la madre mentre si toglieva la vezzosa cuffia e indossava il Fedora rosa che in famiglia si tramandava da almeno tre generazioni. Qualche istante dopo la sentí ridacchiare, e poi esplodere in una risata incontenibile.

– Incredibile! Guarda, guarda qua…

Richiamato a fatica nel mondo sensibile, si fece passare l'apparecchio.

Si aprí l'home page di 'NDOSPIOSPIO, la testata on-line che piú di una volta Manrico aveva incrociato nel corso delle sue indagini. Era un contenitore di gossip, politica e società senza un preciso, o almeno senza un dichiarato, orientamento. Ma ogni tanto, fra il generoso fondoschiena di una diva sul viale del tramonto e il toto «chi-scopa-chi» di sedicenti stelline e stalloni dei social, potevi imbatterti in una notizia che altre fonti non rivelavano, un'indiscrezione che poi sarebbe stata ripresa da media piú ortodossi, un'anticipazione che sul momento aveva l'apparenza della bufala, e che di lí a poco si sarebbe rivelata profetica. Come di consuetudine, titolo e articolo ondeggiavano fra il faceto e il beffardo.

> CHE (S)BALLO, REGA'! Seratina folle al *CONTROCORRENTE*, il ristorante extralusso (i vipponi lo hanno ribattezzato *CONTO CORRENTE*) che ha proiettato nell'olimpo dei gourmet chef Marini. Fra gente che (s)balla, apparizioni mistiche, paperoni in paranoia e vecchie smutandate, al locale di Tor di Quinto va in scena un incredibile Hellzapoppin' che manco la peggio commediazza de Natale. «Sembravano tutti fatti come zucchine», dice il giovane regista figlio d'arte Gianclaudio Terenzi, l'autore del video che si trovava per caso sul posto. A MARI': MA CHE C'HAI MESSO NEL CAFFÈ?

Manrico lanciò il video e cliccò sull'inquadratura per allargarla. Mise a fuoco l'interno di un ristorante. Le riprese erano molto chiare.

Un tizio con un impeccabile completo di lino bianco afferrava un piatto e lo scagliava contro il suo commensale, che si scansava, sorpreso. L'uomo vestito di bianco gridava qualcosa. Sottotitoli in sovrimpressione riportarono una frase: «I ragni! I ragni! Sei pieno di ragni». Quello che era sfuggito al lancio ribatteva con parole incomprensibili in una lingua straniera. Del tipo: «Ma che stai dicendo? Di che ragni stai parlando?» L'uomo in bianco prendeva un bicchiere e cercava di innaffiare il tizio, che a questo punto si dava alla fuga, inorridito. L'uomo in bianco si avvicinava a un altro tavolo, barcollando, e continuava a urlare che i ragni spuntavano da ogni parte, che bisognava fare qualcosa. Una voce in sottofondo: «Ma questo che s'è calato?» Seguiva una sorta di veloce panoramica. Sembrava un locale piccolo, anche se elegante, in tutto cinque, forse sei tavoli. Un cameriere tentava di placare il cliente evidentemente fuori di testa. Altri avventori si allontanavano in fretta. Dal tavolo al quale si era rivolto l'uomo in bianco si alzava una signora non piú giovanissima. Con moto repentino, si sollevava la gonna e si sfilava le mutandine, che lanciava all'uomo in bianco. Quello si scansava, continuando a farneticare di ragni. Finiva addosso al cameriere, che crollava per terra. Dalla cucina uscivano due persone, un uomo vestito di nero e uno con l'uniforme da chef. Il cameriere e il cliente impazzito si rialzavano. Ma lo chef e il suo accompagnatore abbrancavano quest'ultimo, e cominciavano a ballare, un grottesco trio di guitti. Altri clienti si spogliavano. La signora non piú giovane distribuiva baci urlando: «*Peace and love*». Qualcun altro iniziava a lanciare in aria piatti carichi di cibo, che ricadendo si spaccavano, spargendo ovunque una variopinta poltiglia di pietanze. Il tizio vestito di bianco che aveva dato il via a tutto cadeva in ginocchio giungendo le mani in preghiera e gridando: «Vedo la luce, mio Signore, vedo la luce!» Intorno a lui si scatenava una danza indiavolata. Il frastuono si faceva impressionante. Dalla cucina usciva una donna dall'aria affranta. Si avvicinava al cameriere. I due estraevano all'unisono i cellulari e componevano un numero. La polizia, forse, o un'ambulanza.

– Visto che roba, figlio?

– Davvero incredibile.

Manrico restituí il cellulare alla madre.

– Un bel mistero, – commentò.

– Devono essersi calati qualche allucinogeno, – sentenziò donna Elena

– E tu che ne sai?

– Non è sempre necessario che i figli sappiano ogni dettaglio di chi li ha messi al mondo, – ironizzò lei, con un gesto vago.

Ah, già, i turbolenti vent'anni di Elena... Quando qualche parente o qualche vecchio conoscente vi accennava, era un continuo ammiccare e sorridere con toni allusivi. Poi inevitabilmente qualcuno osservava che, in ogni caso, tutto quanto (ma tutto cosa?) era accaduto ben prima dell'incontro della bellissima Elena con il mite, e serissimo, ingegner Guglielmo, conte Spinori. Manrico aveva cercato in piú di un'occasione di svelare il mistero.

Senza esito.

– Hai mai provato, figliolo?

– Mamma, sono un magistrato in servizio!

– Ma l'uso personale di droghe non è consentito?

– In ogni caso, sarebbe inopportuno.

– E quando eri solo uno studente?

– Piantala, per favore.

– Secondo me, ti è capitato e ti sei tirato indietro.

– Non voglio proseguire questa conversazione.

– E sai perché ti sei tirato indietro? – evidentemente donna Elena non era disposta a lasciar cadere la cosa.

– Perché? – Alla fine Manrico decise di stare al gioco.

– Hai paura, Manrico. Paura di perdere il controllo.

Non era poi tanto lontana dal vero, la contessa madre. Era un riflesso che scattava automatico, in certe situazioni. Quando tutti davano di matto, lui si sentiva in dovere di restare lucido e calmo. Ma poi: perdere il controllo è cosí negativo? Manrico se l'era chiesto molte volte. Bella domanda. L'amore, per dire, non è forse la piú sublime fra le forme di perdita del controllo? L'amore che lui amava tanto amare, gli venne da pensare, e sorrise di questo involontario verso da poeta del Dolce Stil Novo... Forse doveva ammettere con sé stesso che c'è modo e modo di perdere il controllo... Se si fosse trovato in quel ristorante, per dire, sarebbe stato il tizio che girava il video o quello che chiamava i soccorsi?

Intanto, dalla villa scendevano Alex, suo figlio, e Rachele, la figlia del suo collega Blumenstein. Lui in bermuda con dei buffi granchi rossi su sfondo azzurro, lei in un bikini giallo che ne sottolineava la magrezza ancora adolescenziale. I ragazzi li salutarono appena, poi andarono a tuffarsi, tenendosi per mano.

– Sta diventando una cosa seria, Manrico.

– Alex ha vent'anni, mamma. Sei gelosa? Lo hai detto con una specie di rammarico...

– Ma che vai a pensare! È che vent'anni, di questi tempi...

– Di questi tempi?

– Tu quanti anni avevi quando hai sposato Adelaide?

– Trentuno.

– Cosí tardi? Be', spero che Alex sia piú precoce del mio unico figlio.

Se ne stettero per un po' a occhi socchiusi, poi a Manrico partí un sospiro.

– Problemi?

– Pensavo solo a come sono belli i ragazzi. Dovremmo essere meno diffidenti verso di loro.

– Uuh, siamo in vena di riflessioni filosofiche! Hai proprio fatto bene a prenderti questa vacanza. C'è un po' troppa malinconia in giro, negli ultimi mesi.

Negli ultimi mesi Manrico Leopoldo Costante Severo Fruttuoso Spinori della Rocca dei conti di Albis e Santa Gioconda, detto «il contino» per le sue origini aristocratiche, si era occupato di numerosi casi bagatellari, firmando qualche centinaio di richieste di archiviazione e una trentina di patteggiamenti. Periodo tranquillo. Tranquillo e solitario, dopo la miserevole conclusione della breve love story con Vera Grant, la bella direttrice di «Absolute Fashion» metà scozzese e metà pugliese che aveva conosciuto in occasione della morte del padrone di una casa di moda. Un'attrazione finita in maniera brusca per colpa della sua irredimibile ansia legalitaria: aveva usato Vera come alleata per risolvere il difficile caso. Il problema era che Vera non voleva essere usata. Non per far finire in galera un suo amico, per giunta innocente. La malinconia alla quale alludeva donna Elena era imputabile, a suo dire, alla prolungata solitudine. «Sei senza una compagna da due mesi, un record per te, Manrico», aveva sentenziato piú di una volta la contessa madre, scuotendo la testa. Manrico, invece, aveva deciso di godersela, quella solitudine. Non foss'altro per dimostrare a sé stesso che era perfettamente in grado di tirare avanti anche senza la fiamma di turno. Certo che a vedere quei due ragazzi, cosí innamorati, cosí attratti…

Piú tardi, a cena, Camillo, il maggiordomo, allestí un barbecue in giardino. Alla seconda bistecca che Rachele trangugiò, innaffiandola con l'ennesimo calice di Barolo, donna Elena sussurrò a Manrico che, sí, era un po' invidiosa di quella ragazzetta.

– Mangia come un camionista e guarda quant'è secca!

– La genetica…

– La genetica, la genetica... io lo chiamerei fondoschiena.

– Non è elegante, ma rende abbastanza l'idea.

Dopo cena, giocarono due mani di Tressette: i ragazzi lo preferivano al piú popolare Burraco, gioco che giudicavano piú adatto a vecchi reazionari: ma non bisognava dirlo a donna Elena, che del Burraco aveva fatto una religione. Si fece mezzanotte. Una piccola falce di luna intraprendeva la scalata a un limpido notturno stellato. Le lampare bordeggiavano facendo di tanto in tanto capolino lungo le strisce argentee del Tirreno in bonaccia. Manrico pensò che aveva fatto la cosa giusta. Prendersi un intero mese di vacanza dopo due anni di turno estivo. Tirare il fiato. Non si era mai riconosciuto nel ruolo del missionario, né si era mai illuso che la giustizia – con il suo troppo umano, troppo fallibile armamentario – potesse salvare il mondo da sé stesso. Non aveva mai pensato che in sua assenza quel mondo sarebbe potuto andare a rotoli. Aveva il diritto di godersi un po' la vita. Al netto della malinconia, beninteso. Ma aveva ormai imparato a conviverci.

I ragazzi scesero in spiaggia per un commiato romantico al profilo ammiccante del monte Circeo. Donna Elena e Camillo si ritirarono. Manrico salí in terrazza con il tablet sul quale Alex aveva impiantato un po' di Mozart, molto Verdi e una selezione wagneriana per la frenetica bacchetta di Arturo Toscanini. Che momento perfetto! Come avrebbe voluto che durasse in eterno.

Non poteva durare.

In realtà, era già passato.

Stava per inserire le cuffie quando squillò il cellulare.

Era il procuratore Gaspare Melchiorre.

– Manrico? Devi rientrare. È successo un guaio.

2.

Qualche minuto dopo le nove del mattino, Manrico fu ricevuto dal procuratore. Melchiorre sfoderava un'abbronzatura da applausi a scena aperta e un'inusuale aria contrita. Non era la prima volta che affidava casi sensibili al contino. Si serviva di lui in indagini particolarmente delicate, quando c'erano di mezzo politici, ricconi, persone che comunque avevano accesso ai media e potevano sfruttare conoscenze, relazioni, potere. Manrico era l'uomo dei grovigli di «alta classe», soleva dire Gaspare. I casi in cui occorrevano, sí, la determinazione e la competenza tecnica del buon inquirente, ma anche, e soprattutto, abilità diplomatica, nervi d'acciaio, capacità di interpretare i contesti sociali, e indifferenza per le polemiche.

– Manrico! Meno male! Non sai quanto mi dispiace che tu abbia interrotto le vacanze… D'altronde, anche io ho piantato in asso la compagnia e mi sono precipitato in ufficio… Posso offrirti un caffè?

Melchiorre che rinuncia allo svago per dovere professionale… Avrebbe anche potuto spiegargli la situazione via Skype o affini… Doveva davvero trattarsi di una cosa seria…

Manrico accettò il caffè e sprofondò nella poltrona di pelle rossa che Melchiorre riservava a ospiti e collaboratori di spicco. Il procuratore inserí due capsule nella macchina e serví personalmente la bevanda. Poi gli sedette accanto. E gli porse il cellulare.

– Guarda, – lo esortò.

A Manrico bastò un'occhiata per riconoscere il video di 'NDOSPIOSPIO. Restituí l'apparecchio con un moto di stizza.

– Mi hai convocato per questo?

– Sai già di che si tratta?

Manrico annuí. Poi si abbandonò a una risatina beffarda.

– Cos'è, lo chef Marini è un tuo caro amico e ha chiesto…

– Manrico, per favore. So che in passato posso esserti apparso… a volte… un po' frivolo, ma… c'è scappato il morto.

– Come?

Il procuratore finí di sorbire il caffè e sospirò.

– Hai visto il tipo vestito di bianco, quello che nel video grida che ci sono i ragni e altri deliri?

– E allora?

– Ieri sera è stato ricoverato allo Spallanzani in condizioni gravissime. Quando ti ho telefonato era appena morto. E invece…

– Si conosce la causa?

– Gli accertamenti sono appena iniziati, ma pare che si tratti di avvelenamento. Il fatto è che…

– Era un pezzo grosso?

– Vladimiro Micheli, colonnello dell'esercito.

– Ed era cosí importante?

Il procuratore indossò una smorfia perplessa.

– Non è tanto lui, poverino. È che… Questo ristorante, il *Controcorrente*, è diventato uno dei posti piú *in* di Roma… ci va gente del governo, capi di Stato, lo chef è ospite fisso in televisione, fa il giudice in uno di quei programmi dove i giovani aspiranti cuochi si sfidano… Possibile che tu non ne abbia mai sentito parlare?

Manrico allargò le braccia. Si era sempre vantato di una certa estraneità rispetto a riti e miti del mondo contemporaneo. A volte, però, rischiava di passare per ignorante, o distratto. Se non proprio per fesso.

– Va bene. Insomma, quello che voglio dirti è che il pezzo da novanta è questo Marini, lo chef. Da lui ci va mezzo mondo. Appena quindici giorni fa il presidente del Consiglio ci ha portato a cena il nuovo ambasciatore americano… Quindi serve molta discrezione…

La solita storia.

– Abbiamo già aperto un fascicolo? – chiese al procuratore.

– Guarda, io ho saputo dell'accaduto dal video, come tutti. A quel punto ho chiamato Malavento, che era di turno…

– E lui?

Mi ha rassicurato. Sul posto sono intervenuti i Nas, e dai primi accertamenti è venuto fuori che solo alcuni dei clienti erano stati intossicati. Molti avevano ordinato un piatto a base di funghi, una specialità originale dello chef. A quanto pare, non si sa come, qualcuno di quei funghi doveva essere… allucinogeno.

Manrico non poté fare a meno di sorridere. Sta' a vedere che donna Elena ci aveva visto giusto…

– I Nas hanno prelevato un po' di campioni, ma hanno avuto anche difficoltà a reperirli, perché là era tutto sottosopra… Cosí mi ha detto Malavento… le analisi sono ancora in corso.

– Capisco. Quindi l'ipotesi è che il colonnello sia morto per una complicazione di questa intossicazione da presunti funghi allucinogeni.

– Sí. E comunque, potrebbe essere una coincidenza, dopo tutto si è sentito male a quasi due giorni da quella cena.

– Sta bene. Organizzerò un nuovo sopralluogo, serviranno altre perquisizioni…

Il procuratore tossicchiò, palesemente imbarazzato.

– Manrico...

– Che c'è, Gaspare?

– Dopo aver visto il video, diciamo... Insomma, Malavento è stato subissato di chiamate. A questo punto ha contattato i Nas, e i Nas gli hanno riferito che la cosa era abbastanza chiara, nessuno si era fatto male, perché gli intossicati in poche ore erano guariti, e quindi...

– E quindi?

– E quindi Malavento ha... Abbiamo autorizzato la riapertura del locale... Non ti nascondo che certe pressioni mi hanno infastidito, ma sai come vanno le cose, e del resto chi andava a immaginare che ci sarebbe scappato il morto...

Addio prove, addio accertamenti. A quest'ora tutto doveva già essere stato ripulito. A Manrico venne in mente una battuta amara: non sempre la celerità è alleata della giustizia. Ma capiva Melchiorre. Se avesse sequestrato il locale, gli avrebbero dato addosso perché minacciava un'eccellenza italiana. Ora lo avrebbero scarnificato perché era stato troppo affrettato. La giustizia al tempo dei social media era piú che mai un affare di narrazioni.

– Dobbiamo proprio sperare che i funghi non c'entrino, – tirò le somme Gaspare, – e che quel poverino si sia sentito male per tutt'altre ragioni...

– Dobbiamo? – sottolineò, ironico, Manrico.

Il procuratore incassò con stile la frecciatina, e aggiunse altre informazioni. Malavento, dopo quanto era successo, lo aveva pregato di sostituirlo, e naturalmente la scelta era caduta su Manrico. Considerato il periodo feriale, gli uffici erano sguarniti, ma Gaspare aveva parlato con il dirigente della Mobile, che gli aveva garantito pieno sostegno. Manrico poteva rivolgersi direttamente a lui per chiedere, se occorrevano, rinforzi. Infine, gli consegnò un'esile carpetta con i pochi dati sino a quel momento raccolti.

Si erano detti tutto. Manrico soppesò con aria scettica l'incartamento. Il procuratore volle abbracciarlo.

– Ora che il caso è in mano tua, mi sento piú tranquillo...

– E tu?

– Be', ho lasciato Lucrezia a Umago, sai com'è mia moglie, sempre sul piede di guerra... Ho pensato di raggiungerla, noi ci sentiamo per ogni evenienza, in Croazia le comunicazioni sono molto agevoli...

Per una volta, una sola volta nella vita, a Manrico sarebbe piaciuto giocare a ruoli invertiti. Lui in quello del capo, e Gaspare in quello del semplice sostituto procuratore della Repubblica. Ma sta' a vedere, concluse mentre si dirigeva al suo ufficio, sta' a vedere che anche allora Melchiorre avrebbe trovato il modo di fregarlo.

3.

Strada facendo, Manrico lesse le poche carte. C'erano due relazioni, una del 112 e l'altra del 118. Il 112 era rappresentato da una volante del vicino commissariato di zona. Gli agenti erano intervenuti alle 23.15 circa presso il noto ristorante *Controcorrente* in seguito a segnalazione della sala operativa, allertata dal personale del locale stesso. Si erano trovati di fronte a una serie di individui dall'aria sconvolta, e a una scena assai caotica: c'era chi gettava piatti in aria, chi calpestava la poltiglia di cibi sparsi sul pavimento, chi si era messo a battere ossessivamente sulle pentole della cucina, dopo averle svuotate del contenuto, chi spaccava bottiglie contro le pareti, chi si faceva la doccia con distillati di pregio. Una donna aveva proposto al capopattuglia di (testuale) «unirsi con il predetto in congresso carnale».

Gli operanti avevano raccolto sommarie informazioni da coloro che apparivano in grado di connettere, e precisamente:

ZULIAN GUIDO, di anni 51, capocameriere; BONETTI ACHILLE (29); BRACCO DORIANA (27); PROCACCIANTI PAOLO (30); CALCOPIETRO MICHELE (38); tutti dipendenti del locale; TERENZI GIANCLAUDIO (26), autore del video; TERENZI PIETRO (61), suo padre.

Il personale del 112 aveva avvisato il 118. Una sola autoambulanza non era stata sufficiente, poiché le persone in stato alterato continuavano a lanciare oggetti, improvvisare balletti, cantare e pronunciare frasi sconnesse. E sembrava che il divertimento maggiore consistesse nello spargere dovunque residui di cibo. Alla fine, si era riusciti a portarli all'ospedale Spallanzani. Manrico trovò anche una scarna relazione del medico di guardia. Era stata redatta la mattina successiva, alle 7.45. Dava atto che i ricoverati erano ritornati in sé. Non era stato necessario somministrare farmaci e nemmeno effettuare una lavanda gastrica. Il sanitario confermava l'ipotesi dell'intossicazione da funghi allucinogeni. Comunque, erano tutti stati dimessi:

MARINI CESARE (43) chef; DONATI GIOVANNI (37) sous chef; LIMA GIANNI (33), dipendente del locale; VILLOVICH FILIBERTO (26); DE RICLI ASSUNTA (29); MAGLIARI MARIAROSA (67); DE RICLI CESARE (60); VILLOVICH RUDY (65).

E c'era anche lui: MICHELI VLADIMIRO (44).

Il colonnello, dunque, era stato ricoverato una prima volta, e poi dimesso insieme agli altri. Ma era tornato in ospedale. E gli altri? Se ne sapeva qualcosa? Melchiorre non aveva fatto cenno a ulteriori vittime. E se fossero andati a farsi curare altrove? C'era, infine, copia di una richiesta urgente inoltrata dalla Direzione sanitaria al Nas con la richiesta di accertare eventuali profili di responsabilità a carico dei gestori e/o lavoratori del ristorante.

Intanto, Manrico era arrivato in ufficio.

Nemmeno una settimana prima, quando si erano salutati per le ferie, l'ispettora Deborah Cianchetti gli aveva assicurato che «tanto ce resto io a fa' la guardia ar bidone». E infatti, l'ufficio di Manrico era semideserto: a parte Cianchetti, sia Gavina Orrú sia la Vitale, per non parlare della sospirosa segretaria Brunella, avevano già raggiunto i rispettivi lidi vacanzieri. Cianchetti era in canottiera e jeans, con i capelli raccolti in una coda di cavallo. Quando Manrico fece ingresso nello spazio comune, lei era concentrata davanti allo schermo del computer. Scattò in piedi e si affrettò a indossare un giubbotto slavato.

– Facciamo cosí, – sorrise Manrico, – mi levo io la giacca. Qua dentro l'aria condizionata lascia a desiderare.

– Parliamone colla Zevatti.

– E chi sarebbe?

– La dirigente di cancelleria del periodo feriale. Vedrà, dotto'...

Tonica, come sempre, nel suo metro e ottanta di muscolatura e avvenenza, anche se decisamente meno tinteggiata del procuratore, Cianchetti si era offerta volontaria per il turno 25 luglio - 15 agosto perché il suo compagno, l'ispettore superiore Diego Cosenza, era impegnato in un'inchiesta sotto copertura in Puglia. Col contino si scambiarono il saluto solidale dei naufraghi scampati a una devastante mareggiata. Manrico le consegnò le scarne relazioni.

– Già lette. Il procuratore mi ha chiamata alle sei, stamattina.

– Aveva fretta di tornare a Umago, – sottolineò Manrico, sarcastico.

Seguí commento acido sulla decisione di non procedere al sequestro del locale. Riesaminarono insieme il video, ormai diventato virale.

– Ma 'sto Terenzi che ha fatto il video è l'attore, quello famoso? – chiese Deborah.

– Il figlio. Fa il regista pure lui.

– E te pareva!

Poi lei digitò qualcosa e mostrò al Pm un altro video, stavolta di una popolare trasmissione televisiva. Tre chef, col tradizionale cappello, valutavano i piatti proposti da giovani concorrenti. Gli chef avevano l'aria di giudici implacabili, i ragazzi di chi se la fa sotto per la paura.

– È questo al centro, Marini.

Un uomo sui quaranta, segaligno, con radi capelli a corona, fronte ampia, barba nera perfettamente curata, la voce profonda. Era al centro di un terzetto i cui altri componenti erano un tipo rubizzo, colossale, rosso di capelli, una sorta di bottaio celtico dall'aria fosca, e un altro che sembrava un gentiluomo d'altri tempi, alto, sorridente, capelli grigi, piglio aristocratico.

– Il roscio sarebbe Lele Esposito, quello alto Gianni Brusegato. Questo è il talent de cucina piú famoso... *I Re Mangi*. Fino a un po' di tempo fa Marini ci lavorava.

– Ah, non ci lavora piú, chissà perché... Però... *I Re Mangi*, che fantasia! Ma a lei piace, ispettora?

– Ma che le devo di'? È un programma divertente, 'sti ragazzi fanno l'impossibile, per vincere, e poi certi piatti... Questi, per esempio, devono fa' un dolce, dico un dolce, dotto', co' zucchero, latte, farina, cioccolato e zenzero, e fin qui ci siamo, ma poi ce devono mette puro il cuore di un vitello... Ma io dico: un pasticcino alla carne, ma...

– Be', in Sicilia si trovano un po' dappertutto, a Catania, a Siracusa... pasticcini con la carne...

– Se è per questo mi' nonna faceva il sanguinaccio...

– Vede, Cianchetti? Tradizione e innovazione vanno a braccetto...

– Qua, – riprese lei, diteggiando sulla tastiera, – dice che una cena al *Controcorrente* può arrivare sino a quattrocentocinquanta-cinquecento euri... Li mor... chiedo scusa, dottore, volevo di': è morto, quer porello, e c'ha puro rimesso mezzo sacco!

Morto. Già, ma come? Deborah aveva contattato l'Istituto di Medicina legale. La salma del colonnello era nella cella frigorifera, in attesa delle decisioni del Pm.

Manrico elaborò rapido i risvolti processuali, ragionando a voce alta con Cianchetti. La situazione si presentava problematica. In caso di morte sospetta, se le circostanze lo consentivano, si doveva procedere ad autopsia. Ma i risultati sarebbero stati inevitabilmente nulli se all'autopsia non fossero state presenti le persone che, a torto o a ragione, potevano essere sospettate di un qualche reato. Si poteva procedere con la tecnica degli accertamenti irripetibili, cioè d'urgenza. Ma dove stava l'urgenza, se il corpo di Micheli era al sicuro in una cella frigorifera? Ora, i Nas avevano accertato una molto probabile intossicazione da funghi della quale Micheli era stato vittima. Ma questo accadeva quasi due giorni prima della morte. Un nesso fra le due vicende poteva esserci o non esserci. Nel frattempo…

– Però, dotto', – s'inserí Cianchetti, – se intanto indaghiamo quelli del ristorante, possiamo procedere con l'autopsia. Se poi esce 'na causa naturale e archiviamo tutto…

Cianchetti proponeva una soluzione drastica: indagare il personale del ristorante, procedere all'autopsia, poi, semmai, archiviare tutto. Mah! Mica si può incriminare un intero ristorante. Bisognava capire come funzionavano le cose in cucina, chi… E, prima ancora, che cosa, come… No. Esisteva un altro modo.

– Procediamo contro ignoti per omicidio colposo, per adesso. Chiamo il professor Gatteschi, a medicina legale, e gli dico che l'autopsia è autorizzata. Magari lui si è già fatto un'idea…

– Il prof è in ferie, – sospirò lei, – lo sostituisce la Dubois.

Se aveva notato l'irrigidimento di Manrico quando aveva sentito pronunciare quel nome, Cianchetti non lo dette a vedere.

– Va bene. La contatti e le dica di occuparsene al piú presto. Intanto dobbiamo capire se qualcun altro si è sentito male, sintomi simili… Ma aspetti un attimo, Deborah…

– Dottore?

– Non abbiamo una relazione sulla morte del colonnello.

– No. Abbiamo solo la notizia.

– Quindi, prima tappa Spallanzani. Il medico che ha cercato di curarlo. Vediamo se riusciamo a parlarci, anche al telefono. E poi…

In quel momento, echeggiò un urlo altissimo, seguito da un vociare confuso e da quello che sembrava il lamento di una donna.

Manrico si affacciò, seguito da Cianchetti.

Al centro del corridoio c'erano una donna piccola, tracagnotta, con le mani piantate sui fianchi, e un'altra, vestita di nero e dall'aria mediorientale, che raccoglieva da terra dei fogli sparsi. La donna tracagnotta aveva l'aria di chi ha appena inflitto una severa reprimenda a un reo. Quella chinata sui fogli singhiozzava.

– E adesso via, *marsch*!

– Ma io ho dritto a soldi!

– Tu non hai «dritto» proprio a niente, bella mia! Semmai, «diritto». E adesso va' via, prima che ti faccia arrestare…

– Le conosce? – sussurrò Manrico, mentre lui e Cianchetti si avvicinavano all'epicentro del sisma.

– La stro… quella che pare 'na pantegana grassa è la Zevatti, viene dal civile, sostituisce il cancelliere capo sino a settembre. Dice che l'hanno mandata qua perché là non la reggevano piú.

– Ah. E l'altra?

– Boh. N'araba, me pare. Scusi, volevo dire una cittadina extracomunitaria.

Manrico aiutò la donna a risollevarsi. Vista da vicino, era piú giovane di come appariva al primo sguardo. La Zevatti lo fulminò con un'occhiataccia.

– E lei chi è?

– Manrico Spinori, sostituto procuratore della Repubblica, – salmodiò Manrico, con una punta di sarcasmo.

– Be', dottore, qua è tutto sotto controllo, – replicò la Zevatti, per niente intimidita.

La donna coi fogli in mano esplose.

– Non è vero, questa è busciard, io chiedo soltanto mio argian, i soldi…

– Te l'ho detto e te lo ripeto: senza il timbro dell'ufficio non possiamo liquidare la prestazione!

– Ma è qui il trimbo! – protestò l'altra.

– Questo timbro, – sottolineò gelida Zavatti, – non vale! Tu non sei iscritta all'albo degli interpreti. E poi impara l'italiano, che diamine! – E infine, rivolgendosi a Manrico, come in cerca di sostegno, aggiunse: – Ma perché non se ne stanno al Paese loro, dico io…

– Questo è Paise mio! – urlò la donna. – Io sono scitadina italiana!

Poi sventolò un passaporto e lo porse a Manrico. Deborah fu piú veloce.

– Fatma Harouf, – lesse, – nata in Marocco… In effetti, dottore, è cittadina italiana.

– Io l'ho detto.

– Magari è falso, – insinuò la Zevatti.

– Ma tu proprio dici sempre buscie! – la rimbeccò l'altra.

Manrico fece un gesto con le due mani, come a invocare calma. Si fece dare da Fatma i fogli e li compulsò rapidamente.

– Lei ha lavorato come interprete per i carabinieri del nucleo Antiterrorismo?

– Sí, ho tradotto di arabi cattivi, che loro non capivano.

– E non è stata pagata.

– No. Carabinieri mi hanno chiamata a Natale, capodanno, niente festa, niente riposo, e poi per pagare ha ditto: al tribunale. Ma qui dice: no, manca trimbo...

– Timbro, timbro, impara a parlare! – ripeté Zavatti.

Manrico consegnò i fogli a Deborah.

– Veda se può occuparsene.

L'ispettora annuí.

La Zevatti si ritirò, scuotendo la testa. Fatma porse a Manrico un piccolo rettangolino di carta, una specie di biglietto da visita fai-da-te.

– Grazie, dotto'. Io cerco lavoro, tutto che c'è lavoro, perché ho bisogno di lavora'. C'è bambino piccolo. Io fa' cucina, lava, stira, assiste vecchi, pulisce casa, se tu serve, questo è il mio telefono...

Manrico la ringraziò, senza promettere niente. Lei gli sorrise. Un sorriso largo, su un volto tondo e regolare. Non bella, ma, chissà perché, gli venne da pensare, un'anima gentile.

Rientrato in ufficio, dispose comunque il sequestro del ristorante. Chiamò il dirigente della Mobile, lo pregò di mettergli a disposizione tre o quattro agenti per una rapida perquisizione, e gli comunicò i nominativi dei clienti del ristorante e dei dipendenti che erano stati ricoverati allo Spallanzani.

– Accertiamo se abbiano subito ulteriori conseguenze, ricoveri, malori eccetera. In ogni caso, convochiamoli in Procura.

Dalla direzione sanitaria dell'ospedale recuperò il numero privato della dottoressa Aceti, il medico che si era occupato del colonnello Micheli. Gli rispose la voce assonnata di una donna alquanto irritata. Aveva trascorso la notte nel disperato tentativo di salvare l'ufficiale. Era reduce da due notti di fila, l'ennesimo regalo del pauperismo cronico della sanità pubblica. E non sembrava particolarmente ben disposta verso quella Procura che l'aveva indagata per l'omicidio colposo di una novantenne affetta da un tumore all'ultimo stadio.

– Se è per quella storia, guardi che sono stata archiviata.

Manrico la rassicurò e le illustrò la situazione.

– Micheli. Sí, mi sono occupata di quel pover'uomo. Non c'è stato niente da fare. Aveva il fegato in pratica liquefatto...

– E si è fatta un'idea...

– Ha mangiato qualcosa di velenoso.

– Le ha saputo dire...

– Aveva perso conoscenza.

– Qualcuno che lo ha accompagnato?

– Un fratello, credo, o un amico. Ha lasciato il nome al Triage. Ma non sapeva niente...

– Senta, dottoressa, lei c'era quando Micheli è stato portato in ospedale la prima volta?

– Sí.

– E come stava?

– Come gli altri. Euforico, un po' fatto, i sintomi classici di quel tipo di intossicazione.

– Funghi.

– Poi, se mi chiede di che funghi si trattava, le dico che bisogna parlare con un esperto.

– Sa se qualcuno di quelli che erano stati ricoverati con Micheli ha avuto sintomi ulteriori?

– Se è successo, non sono passati da noi.

– Pensa che ci sia un legame fra i due fatti? L'intossicazione e la successiva morte?

– Lo escludo. La prima situazione si era risolta. Quel disgraziato, pace all'anima sua, è morto per qualcosa che gli è successo dopo il primo ricovero.

– La ringrazio. Io...

– Comunque… – lo trattenne la dottoressa.

– Comunque?

– Io non sono una grande esperta di veleni. Forse dovrebbe consultare qualche mio collega…

Certo. Avrebbe dovuto parlare quanto prima con Stella Dubois. Il fatto è che non aveva nessuna voglia di farlo.

Richiamò il dirigente della Mobile e gli chiese di rintracciare e convocare per la mattina dopo anche l'accompagnatore di Micheli in occasione del secondo ricovero.

A questo punto, insieme a Cianchetti, si avviò verso il ristorante *Controcorrente*.

4.

Il *Controcorrente* occupava una specie di chalet in una zona verde ai margini di Tor di Quinto, un tempo malfamato luogo di frequentazioni trasgressive, e ora ameno sito ampiamente gentrificato. C'erano una vasta corte e un parcheggio riservato ai clienti, occupato da non piú di tre vetture e da un furgone con l'insegna di una ditta di pulizie. Quando si affacciarono, seguiti dai quattro agenti in divisa elargiti obtorto collo dal dirigente della Mobile, Manrico e Cianchetti furono accolti da un signore in giacca e cravatta dall'aria afflitta e da un quasi quarantenne barbuto dalla folta chioma riccia e nera. Si presentarono come Guido Zulian, capocameriere, e Giovanni Donati, sous chef e socio di minoranza del locale. Il Pm e la poliziotta non faticarono a riconoscerli: erano, rispettivamente, il cameriere sobrio che aveva chiamato i soccorsi e il tipo strafatto vestito di nero che era uscito dalla cucina in compagnia di chef Marini. L'iniziale moto di indignazione di fronte al decreto di sequestro e perquisizione – ma come? Non era stato chiarito tutto? Si era trattato di uno stupido errore, la riapertura del ristorante era già stata autorizzata, i Nas ci avevano assicurato... Insomma, che si voleva ancora da loro? – si trasformò in stupore e angoscia quando Cianchetti, con una certa vena di compiacimento che non le faceva mai difetto davanti agli arroganti, li informò della morte di Micheli.

– Ma non è possibile!
– Il colonnello...
– Uno dei nostri clienti piú affezionati!
– Ma com'è accaduto?
– È quello che stiamo cercando di capire, – disse Manrico.
– E pensate che c'entriamo noi? – fece Zulian, aggressivo.

Prima della prevedibile reazione di Cianchetti (gli arroganti avevano il potere di destare dal letargo la coatta di Borgata Ottavia che sonnecchiava dentro di lei), Donati s'incaricò di stemperare il clima.

– Le chiedo scusa, dottore. Siamo tutti molto scossi. Naturalmente, siamo a vostra disposizione per ogni evenienza.

Placata, Cianchetti andò a occuparsi della perquisizione. Manrico chiese se fosse possibile parlare con chef Marini. Donati rispose che era sparito dopo le dimissioni dall'ospedale.

– Conoscendolo come lo conosco io, direi che è furioso. A volte succede. Tornerà domani, dopodomani al massimo.

Manrico chiese come funzionasse un ristorante di lusso come il *Controcorrente*.

– E a proposito: perché si chiama cosí?
– Perché prima di trasformarsi in chef stellato, Cesare era un promettente studioso della letteratura dell'Otto-novecento. E *Controcorrente* è il titolo...
– Del romanzo di Huysmans, – integrò Manrico, – un decadente.

Donati annuí, sospirando.

– Se una sera sarà nostro ospite, potrà comprendere meglio il senso. Per Cesare... per noi, – si corresse, – il termine «decadente» indica una forma elevata di protesta contro la volgarità del mondo contemporaneo. In particolare, della cucina contemporanea. Noi... intendo dire, le creazioni di Cesare... perché di autentiche creazioni si tratta... noi intendiamo distaccarci dalle mode per esplorare nuovi itinerari del gusto. A volte, posso ammetterlo, siamo alquanto... particolari, qualcuno direbbe eccentrici... Ma senza il rischio non si progredisce... e dunque...

Manrico, a un certo punto, smise di ascoltare. Quel panegirico gli sembrava un'esagerazione. Il richiamo a «un'idea innovativa che resta tuttavia consapevole del retaggio ancestrale di un'antica tradizione» una cafonata inammissibile. L'enfasi che la contemporaneità poneva sull'alta cucina lo lasciava esterrefatto. Ma era un suo problema. Un suo limite. Ed era pronto a riconoscerlo. Non sapeva cucinare. Non aveva mai imparato. Sua madre non era precisamente l'archetipo della casalinga, e di questo le era grato. La stessa cosa poteva dirsi della sua ex moglie, Adelaide. Camillo si destreggiava con una certa eleganza, ma niente a che vedere né con le cariatidi che avevano infestato le cucine dei suoi parenti blasonati, né con i popolarissimi *nouveaux philosophes* del fornello. E in tutto ciò, forse per colpa o merito del Dna, godeva pure di un palato raffinatissimo, sapeva distinguere gli ingredienti, conosceva i vini e gli spiriti. Doni sprecati, perché non sapeva che farsene.

Forse rendendosi conto di quanto Manrico si fosse distratto, Zulian prese la parola, adottando un tono piú pragmatico.

– In sostanza, dottore, questo dove ci troviamo è il salone da pranzo. Come vede, abbiamo solo otto tavoli, e ben distanziati, in modo che il brusio della conversazione non disturbi i clienti... Per motivi analoghi, non viene utilizzata l'area esterna, la concentrazione che necessita l'*haute cuisine* non va turbata...

– L'ideale sarebbe il silenzio, – intervenne Donati, – ma non è cosa possibile.

Saettò nella mente di Manrico l'immagine di una coppia triste che consumava un pranzo costosissimo nel piú assoluto mutismo. Un esercizio di necrofilia al quale aveva assistito piú volte. Sempre provando l'insano desiderio di precipitarsi al tavolo accanto, afferrare lei o lui e scuoterli sino a riportarli in vita: andiamo, ditevi qualcosa, non siete dei morti viventi!

Intanto, Zulian e Donati l'avevano condotto in cucina. Cucina! Un loft, vicino alla sala, diviso in due aree. La zona dei fornelli, a parte che per smalti e numero di bocche da fuoco – tante, davvero tante – non si distingueva da altri posti simili che Manrico aveva visitato. L'altra area, invece… un laboratorio della Nasa per le ricerche spaziali, ecco che cosa ricordava. Con frigoriferi, abbattitori, macchine per sviluppare azoto, storte e alambicchi, celle ronzanti, beute e barattoli e vasi d'ogni tipo. Impressionante. E, dovette ammettere, a suo modo affascinante. Cominciò a guardare allo chef, anzi, al sous chef Donati, con occhi diversi. Gli era già accaduto. Qualche mese prima, quando Vera Grant e un giovane stilista, tanto dotato quanto eccentrico, si erano sforzati di fargli capire due o tre cosette sull'alta moda. Aveva provato lo stesso senso di ambiguità. Doveva riconoscere, ora come allora, che un'ammirazione strisciante si faceva strada, insinuandosi nello scetticismo.

– Siamo in venticinque, alcuni di noi sono presenze fisse, – precisò Zulian, – chef Marini, chef Donati, i capipartita Lima e Sensini, Doriana Bracco, la nostra sommelier, il tournant Bonetti…

– Tournant? – si sorprese Manrico.

– Sí, be', – chiarí Zulian, – il tournant è uno che deve saper fare tutto… primi, secondi, organizzazione generale, il tournant sostituisce chef, sous chef, capipartita, subentra in caso di necessità… Una figura indispensabile.

– La cucina è un gioco di squadra, – s'inserí Donati, – una squadra in cui ognuno ha un ruolo ben definito.

– Una squadra che deve funzionare all'unisono, in una precisa divisione dei ruoli, – di nuovo Zulian.

– Ci dev'essere sempre un capo, – s'infervorò Donati, – e degli esecutori. I ruoli sono essenziali, dottore, essenziali. Esempio: devo sfornare un primo di valore, ci lavora la squadra agli ordini del capopartita, che è, in questo caso, specializzato proprio nei primi…

– Nessun errore è tollerato.

– La minima distrazione e l'armonia si perde.

– Come in un concerto! Se il direttore non è all'altezza…

Qui, secondo Manrico, si rischiava la blasfemia. Paragonare la preparazione di uno stufato o di un sufflè a un Mahler diretto da Sinopoli… Eppure, eppure… Quando, a titolo di esempio, Donati, da una celletta che emanava una specie di soffio bianco misticheggiante, estrasse una sorta di cubo gelatinoso iridescente che risplendeva di tonalità fra indaco e lillà, e gli spiegò che lo avevano chiamato «Boule Métaphysique» e che era realizzato trattando in chiave molecolare una parte dell'intestino di pecora… E, soprattutto, quando chef Donati lo invitò ad assaggiare e lui obbedí… Eppure, dovette ammettere che c'era qualcosa, qualcosa che gli sfuggiva, ma che non apparteneva al regno dell'ordinario… E anche un altro assaggio, niente di piú di un quadratino tutto nero, come una tessera in forma di sfoglia… Anche quello fu una notevole emozione. «Il ritratto di Dorian Gray», a base di fave di cacao, sale dell'Himalaya ed estratto di peperoncino messicano geneticamente potenziato, spiegò orgoglioso Donati.

Tornarono in sala. La perquisizione andava avanti, ma a giudicare dalle espressioni degli agenti si trattava di un'attività piuttosto inutile. Cianchetti li raggiunse a un tavolo.

Aveva l'aria perplessa. Come se volesse fargli capire qualcosa che Manrico, forse perché ancora sotto l'effetto della «bolla metafisica» e del *pimento mex*, non riusciva ad afferrare. Il discorso cadde sull'intossicazione.

– Insomma, avevamo una partita di porcino nero. Un fungo molto pregiato, – spiegò Donati.

– Di questa stagione? – azzardò Deborah.

Donati sorrise.

– Di questa stagione. Molti credono che i funghi crescano solo d'autunno, ma in realtà ogni stagione ha il suo fungo. Per avere una buona quantità di porcino nero basta un temporale estivo. E, ovvio, conoscere i posti.

– Ah, in questo chef Marini è maestro! – intervenne Zulian.

– Cioè, fatemi capire, – Deborah aggrottò la fronte, – voi i funghi non li comperate da qualche produttore, fornitore...

– A volte, – precisò Donati, – ma in questo caso li aveva raccolti personalmente Cesare.

– Ah.

L'asciutto commento della poliziotta provocò in Donati un'aria costernata.

– Sí, è cosí. Cesare raccoglie i funghi e prepara... prepariamo insieme «Alice nel Paese delle Meraviglie»... è il nome del piatto, una fantasia di porcini neri con «croce» di pesce azzurro.

– Pesce azzurro? – inorridí Deborah.

– Alice, – sottolineò lo zelante Zulian, – un gioco di parole...

– Uno dei piatti piú riusciti di Cesare, – proclamò Donati, ispirato.

– È chiaro che, – ribatté, gelida, la poliziotta, – stavolta qualcosa non ha funzionato.

– Non so in che modo, – ammise Donati, – ma nel piatto deve esserci finito qualcosa che…

– Diciamo un fungo allucinogeno, – disse Manrico.

Donati e Zulian sospirarono. Sembravano davvero sconcertati. La domanda era nell'aria: come diavolo era potuto accadere che il fungo sbagliato fosse sfuggito a un esperto del calibro di Cesare Marini? Un errore marchiano? O qualcuno ce l'aveva messo a bella posta? Chi? E perché?

– Ricapitoliamo: sono stati intossicati i clienti che avevano ordinato Alice nel Paese delle Meraviglie, – puntualizzò Manrico, – e il personale?

– Io no, – Zulian scosse l'indice, – anche se capocameriere, non assaggio i piatti.

– Io e Cesare sí, – sorrise Donati, – funziona cosí: si mette in un piccolo piatto un assaggio della pietanza, per controllare che funzioni.

– E quindi tutti i piatti con Alice erano taroccati, – concluse Deborah.

Naturalmente, ogni prova era andata distrutta, o era stata ripulita. Ma la questione si metteva bene per il ristorante. Perché Donati aveva appena detto di aver fatto la stessa cosa di Micheli: aveva mangiato una pietanza con il fungo allucinogeno. E se Micheli era morto, e invece, a quanto pareva, Donati se la passava benissimo, allora Alice nel Paese delle Meraviglie era innocente. L'indagine doveva dunque ricominciare da un'altra parte. In tal caso, si poteva procedere ad autopsia escludendo un nesso fra le due vicende. Restava da accertare le condizioni degli altri intossicati, ma il piú era fatto. Manrico stava per chiedere notizie su Marini, quando Deborah indicò un tavolo.

– Micheli era seduto là, vero?

– Sí, era con un amico.

– Lo conoscete?

– Si era visto in diverse occasioni, – rispose Zulian, – uno straniero, anche se parla un ottimo italiano. Lo direi uno dell'Est.

– Sapete come si chiama?

– Mi dispiace, no. Prenotava sempre il povero colonnello...

La perquisizione era finita. Manrico ringraziò gli agenti e li lasciò liberi. Esito totalmente negativo dell'atto, ma la giornata era comunque stata proficua. Pm e ispettora salutarono e si avviarono verso l'auto di servizio, che li aspettava nello spiazzo, illuminato da un luminosissimo sole di tardo pomeriggio. Il ronzio delle api che proveniva da un grosso cespuglio di passiflore era la colonna sonora inebriante del cuore dell'estate.

Una grossa berlina nera dai vetri oscurati parcheggiò. Ne discese una donna in camicetta rosa e gonna attillata, capelli biondi raccolti, aria impertinente. Manrico avvertí come una scossa elettrica. Gli accadeva, a volte, quando si imbatteva in certe perfette sconosciute che eccitavano i suoi sensi. Misteriose alchimie della chimica umana: aveva solo intravisto una figura snella, un viso affilato, uno sguardo vagamente incuriosito, occhi chiari e forse freddi. Dal lato passeggero era smontato un palestrato sui trentacinque, con il classico filo arricciato dell'auricolare che spuntava dal colletto di una giacca grigia.

– Tutti poveracci a 'sto *Controcorente*, eh, dotto'? – chiosò Deborah, indicando la coppia.

– Be', ci resteranno male. Per stasera manteniamo il sequestro, poi mi sa che li lasceremo perdere. Credo che con la morte del colonnello questi non c'entrino proprio...

Deborah allacciò la cintura di sicurezza. L'autista mise in moto. Cianchetti frugò in una tasca e ne estrasse un piccolo oggetto che passò a Manrico. Aveva l'aria di una chiavetta Usb, ma senza l'innesto.

– E questo? – Manrico non riusciva a capire.

– Microspia, – sussurrò Cianchetti.

– Cosa?

– Sotto il tavolo di Micheli.

– E lei come ha fatto...

Da un'altra tasca, l'ispettora estrasse una specie di telecomando, nero e oblungo.

– Diego... l'ispettore Cosenza... è andato in fissa con la sicurezza, per via della sua indagine sotto copertura. Questo è un rilevatore professionale di microspie di ultima generazione. Me lo sono ritrovato in tasca manco io so come. E quanno me so' avvicinata al tavolino de Micheli ha cominciato a vibrare. Ho cercato, e dentro una delle gambe, zac! Ecco er sorcio!

Manrico rigirò la cimice.

– Modello de ultima generazione, dotto'. Oh, ai colleghi nun l'ho fatta vede, volevo parla' con lei... però, prima de molla' il ristorante me farei qualche domanda...

Manrico la domanda decise di farla, all'istante, a Gaspare Melchiorre. Il procuratore rispose al decimo squillo. Doveva aver riconosciuto il chiamante, perché si percepiva lo sforzo di mantenere un tono cortese. In sottofondo, risate e tintinnare di bicchieri.

– Puoi spiegarmi che diavolo ci fa una microspia di ultima generazione sotto il tavolo del colonnello Micheli?

– Una che? Manrico, ma sei sicuro...

– Vedi di darmi una spiegazione, e veloce, Gaspare. Che diavolo di caso mi hai affidato?

– Manrico, ti giuro che non ne so niente. Hai già scritto l'informativa?

– Non ancora.

– Chi altri è al corrente?

– Cianchetti.

– Aspetta, allora. Fammi fare qualche verifica. Ci sentiamo domattina, okay?

Deborah aveva ascoltato la chiamata in vivavoce. Nel frattempo, non aveva smesso di digitare sul suo iPhone. L'espressione contratta di Manrico le strappò un sorrisino affettuoso. Ci aveva preso gusto, a lavorare col contino. Alla fine, con quella sua aria svagata da Mister Magoo capitato là per caso, cosí compito e compunto, era piú tosto lui di tanti macho di cartone che se pompavano i muscoli e se tatuavano ogni sacrosanto centimetro di pelle pe' nasconde il vuoto che c'avevano dentro.

– Dotto', ma secondo lei quanto guadagna un colonnello?

– Perché me lo chiede, Cianchetti?

– Qua dice, – picchiettò coll'indice sul display, – sui tremila euro al mese, diciamo che co' straordinari, incarichi, missioni e cavoli vari po' arriva' a quattro… quattro e due, va'.

– Be', non è poco.

– A dotto', ma secondo gli amici del *Controcorrente*, qua, 'sto Micheli al ristorante ce veniva come minimo 'na volta a settimana, pure due… e co' quattromila euri diciamo che ne lasciava millecinque, duemila al mese qua… nun me torna…

– E ha ragione, cara la mia pragmatica Cianchetti.

Pragmatica, rifletté Deborah. Vale a dire: attaccata al soldo? Oh, che se doveva scusa' se c'aveva sempre prestato attenzione? Mica era nata contessa, lei! Ma decise di lasciar correre. In fondo, Spinori era fatto cosí. Manco quella era colpa sua.

– Certo che a noi cose facili mai, eh, dotto'? Mo' dovemo capi' chi spiava chi, e se al ristorante lo sapevano...

– La figura di Micheli assume tutt'altra luce.

Proseguirono in silenzio sino a piazzale Clodio. Deborah aveva parcheggiato lo scooter nell'ormai deserto piazzale della Corte d'Appello.

– Stasera se ne torna a Sabaudia, dotto'?

– Domani ci aspetta una giornatina da niente, Cianchetti. Mi sa che me ne resto a casa.

– Be', senta un po'. Io c'ho una pizza co' certe amiche. È gente un po'... come dire... tera tera, sí, un po' ignorante, però de core. Magari po' veni' co' noi...

– Grazie, Deborah, davvero. Ma sono stanco...

– E me sa che lei ultimamente sta pure un po' triste...

L'autista lo depositò a palazzo Van Winckel intorno alle otto. Le giornate si accorciavano, ma il caldo non accennava a mollare la presa. E c'era chi contestava il riscaldamento globale! Accese l'aria condizionata, telefonò a Sabaudia, dove tutti stavano benissimo e donna Elena lasciò partire la sua celebre risatina di gola nell'apprendere che in effetti gli intossicati del ristorante avevano davvero assunto sostanze allucinogene.

Era stanco. Molto stanco. E non aveva pensato alla cena. Che avrebbe detto al riguardo chef Donati? E questo misterioso chef Marini, che si era eclissato, forse travolto dalla vergogna e dall'ira? Che fare? Scendere al baretto all'angolo per un tramezzino secco, ordinare ostriche e champagne, ravanare nella ghiacciaia sperando che Camillo avesse dimenticato qualche surgelato di sopravvivenza? Rinunciare ai piaceri della carne e immergersi in un sontuoso *Don Carlo* con la voce di Cesare Siepi? Magari con l'accompagnamento di un buon romanzo?

Bussarono. Ma non aspettava nessuno! E non era nemmeno certo che qualcuno, oltre a Cianchetti, sapesse che era rientrato. Era in calzoncini corti e t-shirt quando andò ad aprire.

Era Stella Dubois.

– Ciao, Manrico. Ti ho portato il gelato.

E gli stampò un bacio sulla bocca.

5.

Manrico arrivò in ufficio alle dieci suonate, in ritardo sulla tabella di marcia; il piccolo drappello dei convocati attendeva in corridoio. Si scusò, intercettando espressioni ora annoiate, ora stizzite. Assicurò che la raccolta delle testimonianze sarebbe iniziata a minuti ed entrò nella sua stanza. L'ispettora non era sola. Trincerata nel suo abituale posto di combattimento dietro lo schermo del Pc, c'era Gavina Orrú.

– E lei che cosa ci fa qui?

– Ieri mattina Deborah mi ha detto che avevamo il caso del ristorante e mi sono sentita a disagio, dottore. Voi qua a lavorare e io e Filippo a spassarcela in compagnia dei suoi…

Manrico e Deborah si scambiarono un'occhiata eloquente. Lavoro batte famiglia dieci a zero.

L'impagabile superesperta della rete si era già messa al lavoro e stava tirando giú schede su protagonisti e comprimari della vicenda. Ma le grandi novità le portava Manrico.

– Allora, statemi a sentire. Tutti quelli che sono stati ricoverati la prima volta allo Spallanzani risultavano vittime di un'intossicazione da *Psilocybe semilanceata*…

– E questo come lo sappiamo? – chiese Cianchetti.

– I Nas, – rispose Manrico, – hanno trovato minuscoli frammenti, si erano salvati per miracolo nel gran caos…

– Ci ha parlato?

– Ho parlato con Stella Dubois che aveva parlato con loro.

Stavolta l'imbarazzo doveva essere trapelato, perché sul volto di Deborah si dipinse una smorfia furbetta che avrebbe meritato una didascalia del tipo «seeh, seeh, mo' se chiama parlare». A essere sinceri, nelle ore che avevano trascorso insieme Stella e Manrico avevano anche parlato. Ma non era certo stata l'occupazione principale. Manrico aveva uno strano rapporto con Stella. Avevano avuto una breve e burrascosa relazione. Era scattata un'attrazione che a un certo punto s'era interrotta in modo brusco, per poi rivivere e infine cessare. Cessare definitivamente, aveva pensato Manrico sino alla sera precedente. Fra l'altro, per colpa di Stella era saltata la sua storia con Maria Giulia, l'ingegnera informatica per la quale aveva provato il sentimento piú serio dopo il divorzio da Adelaide. Stella Dubois era a dir poco eccentrica, di sicuro inafferrabile, probabilmente bipolare. Aveva giurato a sé stesso di tenersene alla larga, ma poi se l'era ritrovata fra le braccia ed era successo di nuovo. E non se ne rammaricava. Lei si era dileguata nel cuore della notte, sussurrandogli un «conosco le regole» che gli aveva strappato una risata quasi di affetto: detestava risvegliarsi accanto a una donna. Forse perché cercava ancora quella giusta?

– *Psilocybe semilanceata*, – Gavina aveva lanciato una ricerca istantanea, – contiene psilocibina. Fungo famoso perché popolare fra gli hippy della California negli anni Sessanta...

– E come c'è arrivato qua dalla California?

– Secondo Dubois viene da molto piú vicino, – rettificò Manrico.

– Tipo? – Deborah era scettica.

– Tipo qualunque collina sui mille metri in qualunque

zona d'Italia, forse non nelle isole, ma altrove sí, dappertutto nel Centro-Nord.

– Qui dice, – riprese Orrú, – che è un fungo commestibile, dal sapore non troppo marcato... Bastano pochi grammi per indurre gli effetti della psilocibina, euforia, senso di onnipotenza, leggerezza, allucinazioni visive e tattili... ma anche paranoia e allucinazioni negative...

– Il colonnello vedeva i ragni, – s'inserí Manrico, – ricordate il video?

– Ho capito, – Cianchetti cercava di fare il punto della situazione, – se so' tutti allucinati co' 'sto fungo, che siccome è pure sciapo se mescola coll'altri... resta il fatto che colla psilocibina si sballa, ma non si muore...

– Con quella no, ma con l'*Amanita Falloide* sí...

– Un altro fungo? – stavolta lo scetticismo era di Gavina.

– Sí. La dottoressa Dubois è sicura.

– Che, niente niente ha già fatto l'autopsia? – Cianchetti era ammirata.

Manrico annuí.

– *Amanita Falloide*... – Gavina aveva aperto la giusta pagina sul giusto sito. – Contiene un potente veleno parenchimotossico, l'alfa-amanitina, che si ritiene mortale per assunzioni anche di appena 3-7 milligrammi in un soggetto adulto. Questo terribile fungo si trova abbastanza di frequente, si confonde con specie mangerecce, non ha odore e il sapore risulta nel complesso buono, uccide però nello spazio di due, tre giorni provocando l'atrofia giallo-acuta del fegato e la nefrosi tossica. Non esiste antidoto sicuro e sono pochi i trattamenti per scongiurare la morte. Gli esperti lo conoscono bene e nonostante tutto qualcuno si lascia ingannare. Si tratta di un fungo velenoso che, una volta ingerito, quasi mai ammette salvezza e si può sopravvivere solo con un tempestivo trapianto di fegato (cosa improbabile perché necessita di reperimento dell'organo adatto e di programmazione operatoria). Ove qualche intossicato riesca a salvarsi, dovrà affrontare anche il trapianto renale o vivere quanto possibile con il presidio della dialisi.

Si fece silenzio. Le implicazioni erano chiare. Manrico si prese l'onere di tirare le somme.

– Tutti quelli che hanno mangiato il famigerato piatto Alice nel Paese delle Meraviglie hanno assunto la psilocibina. E, per quanto ne sappiamo finora, solo il colonnello è morto. Il colonnello ha ingerito *Amanita Falloide*. Le possibilità sono due: l'ha assunta dopo, in circostanze diverse, o nel suo piatto al *Controcorrente*, oltre all'allucinogeno, c'era anche l'altro veleno. Che agisce sino a quarantott'ore dopo, come nel nostro caso!

– L'ha preso per forza da un'altra parte! – Cianchetti, piú che esserne convinta, sembrava voler essere aiutata a convincersene.

– E perché? – Orrú si propose come avvocato del diavolo. – Magari ce l'avevano proprio con lui… La microspia dà da pensare, no?

– E come facevano a sapere che quel piatto sarebbe finito a lui, e non al tavolo vicino? – s'intestardí Cianchetti.

– Sono tutte considerazioni ragionevoli, – Manrico mise un punto, – perciò ecco che cosa faremo. Primo: perquisizione nella casa del colonnello. Secondo: cerchiamo di accertare, dal suo accompagnatore in ospedale, che non abbia assunto funghi successivamente alla cena al *Controcorrente*… A proposito: ma chi l'ha accompagnato in ospedale?

– Un suo amico, – rispose Orrú sempre puntuale, – non lo stesso con cui stava a cena.

– Terzo, – riprese Manrico, – acquisiamo tabulati di vittima e testimoni. E di tutto il personale. Dobbiamo capire quando Marini ha portato i funghi al ristorante, e chi ha avuto la possibilità di accedere al presunto piatto incriminato...

– Marini, Donati, la Bracco, Zulian e Bonetti... – scandí Deborah.

– Quelli erano presenti, chiaro, ma gli altri? Cianchetti, non possiamo escludere che qualcuno dei collaboratori, pur non essendo presente quella sera, abbia comunque avuto accesso, in un momento precedente, ai funghi, e abbia mescolato l'allucinogeno... e magari anche l'*Amanita*... agli innocui porcini...

– Per non parlare dei clienti, – osservò l'ispettora.

– Giusto. Prendiamo i nomi e Gavina li passa ai raggi X, vediamo se esce qualcosa di sospetto...

Manrico era sollevato. Il rientro anticipato dalle ferie di Gavina Orrú equivaleva all'arrivo del Settimo cavalleggeri dei buoni vecchi western.

– Quanto a Marini... – riprese poi.

– Ci sto lavorando, – si scusò Gavina, – ma sono appena arrivata.

– Va bene. Deborah, prepari i provvedimenti. Gavina, cerchi di appurare chi fra i lavoratori del ristorante era in ferie, fuori Roma, non era di turno sabato... Cosí li escludiamo ed evitiamo perdite di tempo.

Cianchetti si schiarí la voce.

– Che c'è, Deborah?

– Dottore... e le intercettazioni?

– Per un delitto colposo? Vuole che ci ridano dietro?

– E chi ci dice che sia colposo?

– Un passo alla volta, adesso sentiamo questi testimoni.

Lapo Viti era un cinquantenne dalla muscolatura tonica. Capelli grigi, occhiali griffati, polo verdina e jeans. Insegnava Storia delle strategie militari in un'università del Nord. Si trovava a Roma per un convegno internazionale e aveva approfittato dell'ospitalità del suo amico Micheli. L'affettato accento fiorentino e le sapienti pause non riuscivano a nascondere il dolore sincero che provava per la morte dell'amico. Nel suo ricordo, Vladimiro Micheli era l'uomo migliore del mondo. Un grande tecnico, un soldato di valore assoluto, un patriota. Era distaccato da qualche anno allo Stato Maggiore della Difesa. Si occupava prevalentemente di relazioni internazionali. Non era sposato. Secondo Viti, dedicava ogni sua energia al lavoro, e sosteneva che mettere su famiglia, con i suoi ritmi, sarebbe stato un gesto irresponsabile.

– Non ero invitato a quella cena, dottor Spinori. Lui mi disse che doveva vedere un conoscente, avrebbero parlato di questioni irrilevanti, cosí mi disse, ma era un vecchio conoscente. Del resto, io avevo una cena ufficiale dei convegnisti...

– Si preoccupò non vedendolo rientrare?

– No, certo. Ero solo un ospite, in casa sua, per giunta.

– Lui quando rincasò, poi?

– Il giorno dopo. Era stravolto, ma anche divertito. Mi disse che in ospedale si era capito subito che dovevano aver mangiato in tanti il fungo sbagliato... Alla fine, non sembrava nemmeno che avesse il classico *hangover*... Era passato tutto, insomma...

Per l'intera giornata, il colonnello aveva lavorato da casa, al computer. La sera avevano cenato in pizzeria.

– Per me una napoletana, per lui una margherita, poi frittini e birra.

– Niente funghi?

– Assolutamente no! Disse che non avrebbe mai piú mangiato un fungo in vita sua... Ricordo però che su questo scherzammo... In fondo, era stata una specie di... evasione, no? Una piccola avventura, l'integerrimo colonnello drogato a sua insaputa... Se avessi immaginato che poi...

Costernato, quasi sull'orlo del pianto. Manrico annuí, continuando a verbalizzare. Aveva deciso di occuparsene di persona, meglio che Cianchetti e Orrú si dedicassero agli altri aspetti della vicenda.

– Questo accadeva domenica. E il lunedí? Quand'è che si è sentito male, il colonnello?

– Già dal risveglio, devo dire. Aveva un aspetto... Insomma, non mi piaceva. Poi ha cominciato a lamentarsi di un certo malessere diffuso, non ha voluto pranzare... Pensavamo a un attacco influenzale, uno di quei virus che vanno e vengono... Verso il tardo pomeriggio, quando sono rientrato dopo la sessione del convegno, mi sono accorto che c'era stato un sensibile peggioramento. Vladimiro si lamentava, aveva dolori molto forti. Ha preso... gli ho dato un antispastico. Ma i dolori non passavano. Ha chiamato il medico militare, ma era irrintracciabile. Ho deciso di accompagnarlo in ospedale. Una volta arrivati lí ha perso conoscenza. Il resto lo sapete...

Il professor Viti si prese la testa fra le mani.

– Un'ultima domanda. Lei sa con chi era a cena quella sera il colonnello?

Viti sembrò sfuggire lo sguardo del Pm.

– No, gliel'ho detto, – sospirò, alla fine, – un vecchio conoscente. È tutto ciò che so.

– Ho disposto un decreto di perquisizione, professore.

– Niente in contrario, dottore. Posso accompagnare io stesso gli operanti.

Manrico lo congedò con una stretta di mano sincera. Si chiese se avesse mai provato un simile dolore per la perdita di un amico. Ma lui non aveva ancora realmente perso un amico.

Fu poi la volta dei testimoni, i Villovich, Magliari, i De Ricli, i Terenzi. Vi fu un momento d'imbarazzo della non piú giovanissima signora che s'era offerta al poliziotto intervenuto, ma tutti confermarono quanto già era noto. Avevano perso lucidità una mezz'ora circa dopo aver ingerito i funghi. Ricordavano poco o niente. I piú precisi furono i Terenzi, che con cinismo da cinematografari si erano goduti la scena, immortalandola nel video virale. Gli effetti erano svaniti nel giro di poche ore. Stavano benissimo, nessuno, nelle ore successive, nei giorni successivi, aveva mangiato funghi. Nessuno di loro aveva mai visto il colonnello Micheli, né sentito parlare di lui. La raccolta dei verbali portò via un paio d'ore. Orrú fece ritorno da uno dei rari bar non ancora chiusi per ferie con tramezzini, pizzette e Coca-Cola.

– Dovremo controllare tutti, capire se ci sono relazioni con la vittima. Ma a occhio direi che sono sinceri, – ammise Manrico.

Gavina disse che non riusciva a localizzare il cellulare di Marini.

– È spento, credo. L'ultima traccia risale all'ospedale Spallanzani, la mattina delle dimissioni. Però so che ha una specie di casetta sopra Subiaco. Del resto, – aggiunse, con la consueta precisione, – i non lontani monti Simbruini sono molto frequentati dagli appassionati di funghi…

– Contattiamo i carabinieri del posto. Che lo cerchino e lo trovino, possibilmente.

Deborah fu l'ultima a rientrare. I ragazzi della Mobile che il dirigente aveva concesso si erano occupati della perquisizione in casa del colonnello. Esito negativo. Soprattutto, niente funghi da nessuna parte. L'ipotesi dell'avvelenamento al ristorante prendeva sempre piú corpo.

In quel momento squillò il cellulare di Manrico. Era suo figlio Alex.

– Papà?

– Alex, tutto bene?

– Forse dovresti venire qui a Sabaudia.

Trapestio. Protesta soffocata di Alex. Rumore del telefono che viene passato di mano.

– Manrico?

– Mamma!

– Quello che temevamo è accaduto!

– Ma che cosa temevamo? Di che cosa stai parlando?

– Camillo ci lascia.

La voce di Camillo sullo sfondo: qualcosa come «Ma che dice, signora contessa...» Altro trapestio. Un singhiozzo angosciato. Di nuovo Alex.

– Papà?

– Arrivo.

– Fai presto.

Cianchetti e Orrú lo fissavano, interdette.

– Possiamo fare qualcosa? – s'informò la sarda, premurosa.

– No, io... Mandate avanti il lavoro, ci vediamo domani. Spero, – aggiunse, in un soffio.

6.

Manrico non amava guidare sulla trafficatissima via Pontina. Per la verità, non amava guidare e basta. Ma non poteva certo esigere la macchina di servizio per imbarcarsi in quello che era chiaramente un problema familiare. Con il suo incedere lento, esasperato da una lunga coda in uscita dalla capitale e dalla follia degli aspiranti Niki Lauda nel tratto successivo allo svincolo per Latina, riuscí a raggiungere la villa di Sabaudia solo a pomeriggio inoltrato. Lo accolse un silenzio glaciale. Donna Elena era sdraiata in penombra sul divano del salotto, pareo e Fedora incorniciati dal basso sole che filtrava dalla portafinestra spalancata sull'incanto del Circeo, un'espressione a metà strada fra il costernato e il corrucciato. Alex lo prese da parte e gli sussurrò: – Sai com'è teatrale nonna.

– Ti ho sentito, sai, nipote degenerato.

– Mamma, vuoi spiegarmi che diavolo…

– La nipote di Camillo si sposa, – rivelò Alex, – e lui vorrebbe essere presente al matrimonio. Visto che sarebbe il padrino della sposa…

– È incredibile che al giorno d'oggi ci siano ancora persone che si piegano a questa detestabile istituzione. Il matrimonio! – donna Elena si tirò su, quanto mai battagliera.

– Sarà un suo diritto scegliere, nonna, – la rimbeccò Alex.

– Ah, la voce delle giovani generazioni! Quand'è che avete cominciato a diventare bigotti, voialtri?

Padre e figlio si scambiarono uno sguardo d'intesa. Manrico aveva respirato di sollievo, quando l'entità della «tragedia» si era disvelata. Davanti alle scenate regali della contessa madre non c'erano molte alternative: o la buttavi sul comico, o levavi le tende. Nei momenti di buona, del resto, era lei stessa la prima a riderne.

– Rachele?

– In spiaggia. Non mi sembrava il caso che assistesse alla sceneggiata.

– Sceneggiata? – Elena insorse contro Alex. – Non dovresti parlare cosí, con tanta leggerezza, delle cose serie della vita!

– Nonna, Camillo starà via solo una settimana!

Lei si rituffò sul divano, portò una mano alla fronte e lasciò partire un sospiroso «ingrato!», che, nel prolungarsi, assunse le cadenze di un autentico gemito. Perché gli era toccata una madre ludopatica che oscillava perennemente fra la Duse e la marchesa Casati, quella storica, la musa di D'Annunzio?

– Dov'è Camillo?

– Nella casetta, – sussurrò Alex.

– Va' da Rachele, – lo esortò il padre, – non è carino lasciarla sola.

– E nonna?

– Stare un po' da sola non le fa male.

Scesero insieme per il giardino che digradava verso la spiaggia. Le zanzare tigre, anche se di solito si annidavano nei prati all'inglese di certe dimore che facevano sembrare la duna mediterranea una succursale del Kent, amavano ogni tipo di sangue, senza distinzione di etnia, religione o censo. Alex era indifferente, beato lui, mentre Manrico si presentò a Camillo grattandosi furiosamente le bolle che spuntavano sui polpacci. Camillo, in completo jeans, una sacca da viaggio ai piedi, sedeva su una vecchia sedia a dondolo nel patio della casetta, la dépendance a lui riservata a un passo dal mare. Nel vedere Manrico, scattò in piedi.

– Signor contino...

Manrico lo rimise a sedere con una decisa pressione sulle spalle.

– Questo è uno di quei momenti in cui bisogna darsi del tu, Camillo.

Camillo annuí, grato. Ma poi scosse la testa.

– Cinquant'anni, Manrico. Sono con lei da cinquant'anni. Mai un giorno mi sono preso, neppure quando ero malato. Neppure quando la mia povera... quando mia moglie se ne stava andando...

– Ti capisco, Camillo. Per lei tu sei... una presenza decisiva. Credo che potrebbe fare a meno di me, e pure di Alex, ma non di te.

– Ho telefonato a mia nipote. Le ho detto che non potevo muovermi.

– Non dirlo nemmeno per scherzo. Tu parti.

– Ma la contessa...

– Tu parti. Qualcosa m'inventerò. Su, andiamo...

Uscirono dalla porta posteriore, evitando di incrociare Elena. Manrico accompagnò Camillo alla stazione di Priverno-Fossanova, in tempo per l'ultimo regionale per Roma Termini. L'indomani Camillo sarebbe salito a Milano con un Frecciarossa. Manrico, strada facendo, gli chiese se era possibile fare un regalo agli sposi. Lui rispose che il regalo gliel'aveva già fatto autorizzando la partenza.

– Non c'era bisogno di nessuna autorizzazione, – mormorò il contino.

Aveva nove anni quando suo padre l'aveva salutato con un bacio e un «torno presto», per poi andarsi a schiantare sull'Aurelia. Crescere con l'adorabile ma tanto, tanto eccentrica Elena non era stato semplice. Per fortuna c'era Camillo. Camillo c'era sempre stato. Be', sarà retorico dirlo, ma Camillo era stato il suo vero padre.

Mentre il treno partiva, Manrico cominciò a pensare a come sopravvivere all'assenza del maggiordomo. La soluzione piú razionale sarebbe stata di portarsi la madre a Roma. Ma era una soluzione zoppicante. Elena era anziana, la città afosa, per quanto palazzo Van Winckel, la residenza di famiglia, fosse un luogo confortevole, non era paragonabile a Sabaudia. Del resto, entrambe le proprietà si erano volatilizzate da tempo, inghiottite dalla voragine debitoria causata dal vizio del gioco di Elena. Il fondo svizzero che era diventato proprietario di tutti i beni immobiliari di famiglia consentiva il diritto di abitazione alla contessa. Finché lei fosse stata in vita. Uno dei capoccioni doveva essere stato innamorato di lei, a suo tempo. Elena, da giovane, era stata di una bellezza leggendaria. E questa non era una leggenda.

L'idea gli venne mentre tornava alla villa, infastidito dal sol calante che gli feriva direttamente lo sguardo. Accostò alla periferia della cittadina, frugò nel portafogli e recuperò il biglietto da visita. Effettuata la telefonata, si rimise alla guida con un sorriso speranzoso. Comperò per la cena mozzarelle di bufala – Rachele poteva divorarne una intera da mezzo chilo senza disperdere nemmeno una goccia di siero – pomodori torpedini, peperoni, melanzane e cocomero in confezioni pronte al consumo. Per quella sera si sarebbero arrangiati. Prima di rincasare, telefonò a Cianchetti. Chef Marini era ancora introvabile, i carabinieri di Subiaco stavano tentando di rintracciarlo. In compenso, avevano i nominativi dei lavoranti che potevano aver avuto accesso al ristorante nel giorno di sabato. Erano tutti già convocati per l'indomani. Manrico ringraziò e chiamò Gaspare Melchiorre. Utente non raggiungibile. Con il trambusto che gli aveva provocato la madre, si era completamente dimenticato della microspia. Decise che avrebbe concesso a Gaspare un giorno in piú. E poi si sarebbe messo a cercare chi spiava chi.

A casa lo attendeva un'altra sorpresa. Elena si era ritirata in uno sdegnato Aventino, e questo era prevedibile. Alex era solo. Rachele era tornata a Roma.

– Ma come?

– Con un'amica.

– No, intendevo dire: come? Perché? Avete litigato?

Alex bofonchiò una scusa e rifiutò di riprendere l'argomento quando sedettero in terrazza per la cena. Davanti alle insistenze di Manrico, gettò il piatto all'aria e corse in spiaggia. Manrico attese qualche minuto, il tempo di lasciar sbollire l'ira o qualunque altra emozione fosse, e scese anche lui. Il figlio sedeva a gambe incrociate sulla sabbia. Sembrava incantato dal lampeggiare di una coppia di pigre lampare. O forse dall'ultimo traghetto che era appena partito da Gaeta.

– Scusa, pa'.

– Scusa tu. Ma non vuoi dirmi che succede?

– È per via della Juilliard.

– La Juilliard? La scuola di musica di New York?

– Rachele sosterrà l'audizione a marzo.

– Mi sembra una notizia magnifica, no?

– Lei è brava.

– Ottimo.

– Se io...

– Vuoi provarci? Ne hai già parlato con tua madre?

– Lei è molto piú brava di me, – il ragazzo sembrava sull'orlo di una crisi di pianto, – ce la farà di sicuro. Io invece...

– Vi ho sentiti suonare. Mi pare che funzioniate benissimo. Non mi è sembrato che fra te e lei ci sia poi questa grande differenza…

– Tu dici?

– Lo penso.

– Ma a me, piú che suonare roba di altri, piace scrivere cose mie…

– Questa è un'ottima cosa.

– Sí, ma non credo di poter scrivere cose… interessanti.

– Tu hai… Ma perché ti dài per vinto senza neanche combattere?

Non avrebbe mai dimenticato lo sguardo di Alex. Quel misto di incredulità, sfiducia, ma pure di ardente speranza, che brillava in fondo alle pupille scure di suo figlio. Non ne aveva fatto un combattente, certo. E nemmeno lui, Manrico, lo era mai stato, un combattente. E quanta fragilità si era coltivato dentro. Sempre. L'aveva trasmessa al ragazzo, chiaro. Però, quando si era trattato di raccogliere una sfida, be', non si era tirato indietro. Ricordava certi esami all'università. Si presentava dal professore piú carogna, quello che tutti gli studenti cercavano di evitare come la peste, e chiedeva di essere interrogato per primo. Spesso andava bene, e ogni tanto l'esito era catastrofico. Comunque, ogni volta, di nascosto, nel primo bar, si era fatto un whisky con un tuorlo d'uovo. La colazione dei campioni! E l'autopsia? La sua prima autopsia? La stragrande maggioranza dei suoi giovani colleghi, freschi vincitori del concorso in magistratura, se l'era squagliata, lui invece aveva forse affrontato quel macabro rito solo per dimostrare a sé stesso che poteva farcela.

– Ascolta, Alex… – cominciò.

E poi si accorse che gli mancavano le parole. E non solo le parole. L'aria. Anche l'aria gli mancava. Ecco, era uno di quei momenti magici in cui il papà dei film americani tira fuori il guantone da baseball e lo passa al figlio, il momento della lezione di vita, dell'esperienza che si tramanda di generazione in generazione... E lui se lo stava perdendo... ma perché diavolo non gli veniva in mente una frase memorabile, un aneddoto illuminante... A lui era mancato, ma bastava a giustificare la sua, di mancanza?

– Ascolta, Alex...

– Papà, – lo interruppe il ragazzo, – papà, grazie. Va bene cosí.

Un refolo di vento li fece rabbrividire. Padre e figlio si abbracciarono. In quel preciso istante risuonò un urlo.

– Manrico! Man-ri-co!

Invocazione disperata, e anche indignata. La voce era di Elena. Alex cominciò la risalita verso la villa, gridando «nonna, nonna». Manrico lo seguí a passo piú ragionato.

Arrivarono in terrazza. Donna Elena puntava il lungo indice contro una donna robustella, dai capelli neri. Si trattava dell'interprete che l'intrattabile cancelliera Zavatti aveva maltrattato in sua presenza due giorni prima.

– Chi è questa persona, Manrico?

– Mamma, lei è Fatma. Fatma, la signora Elena, mia madre.

– Piacere, signora.

– Fatma si occuperà di te sino al ritorno di Camillo, mamma.

– Non ho bisogno di nessuno che si occupi di me! – protestò la contessa.

– Ho portato mango! – scandí Fatma, e dal capiente borsone che si era trascinata appresso estrasse un frutto maturo e lo porse delicatamente a Elena.

– Fatma viene dal Marocco ma è cittadina italiana. Sa cucinare...

– Potresti anche lasciarlo dire a lei! – insorse la contessa.

– So cucinare, – s'inserí rapida la donna, – fare tutti misteri di casa, massage trés buono, faccio Tajine di Moroc, anche pane casariccio...

– Casariccio? – e questo era Alex.

– Sí, quello che si fa alla casa, – specificò lei.

– Casereccio! – rise Alex.

– Quello ho detto, – confermò Fatma, e anche lei si mise a ridere.

Donna Elena, prima di ritirarsi, rivolse alla combriccola un'occhiata panoramica. Chiunque vi avrebbe letto una suprema arroganza. Manrico, però, conosceva troppo a fondo sua madre, e non gli era sfuggito il piccolo lampo di curiosità che era balenato quando lei si era soffermata un istante, appena un istante, sulla nuova giunta.

– Le mostro la stanza, – si offrí Manrico.

Forse, dopo tutto, non era stata una cattiva idea.

7.

La mattina seguente Alex approfittò di un passaggio del padre per tornare a Roma. Spiegò a Manrico che aveva deciso di chiarirsi con Rachele. Alla Juilliard, dopo tutto, tenevano anche corsi di composizione. Però il punto, svelò infine Alex, era un altro.

– Io le ho detto scegli, o me la Juilliard.

Ma allora esiste ancora il romanticismo! Esistono le disperate passioni adolescenziali. Certo, metterla giú cosí è sempre sbagliato. Ma, vivaddio, siano benedetti gli errori!

– Qualunque cosa tu faccia, sono con te.

Ma questa uscita da padre sensibile e al passo coi tempi non sembrò impressionare particolarmente il ragazzo. Si capisce. Voleva essere rassicurante, era risultato banale. Il ragazzo voleva essere aiutato a scegliere, il padre non voleva assumersi la responsabilità della scelta. Dopo qualche chilometro di silenzio, Alex aggiunse una considerazione che lasciò Manrico di stucco.

– E, sempre dopo tutto, pa', non c'è solo Rachele a questo mondo.

– Ma potrebbe essere quella giusta, – sussurrò lui.

– E se quella giusta non esistesse?

– Ma per la miseria, sei troppo giovane per essere cosí pessimista!

– Forse ho avuto esempi fuorvianti in casa…

Questa te la meriti, Manrico. Con il matrimonio che hai mandato a monte con i tuoi tradimenti e la tua cronica incapacità di mantenere in piedi una relazione oltre il classico spazio di un mattino...

– Una sola cosa, figlio, – azzardò comunque, titubante.

– Dimmi, – concesse il ragazzo.

– A volte puoi sbagliare perché hai fretta di prendere una decisione, e altre volte perché lasci passare il momento giusto. A me è successo di commettere tutti questi errori. E succederà anche a te. Fa parte della vita. Però, sai, quando cadi, quando fallisci, ti rialzi, e...

– E la prossima volta cercherò di fallire meglio. Mamma mi ha parlato di Samuel Beckett.

Vabbe'. È proprio vero che puoi trionfare nel mondo e fare da zerbino in casa. Vabbe'.

Continuarono in silenzio sino a palazzo Van Winckel, dove Alex scese salutandolo con una pacca sulla schiena. Il contino proseguí verso la cittadella giudiziaria. Trovò posto nel parcheggio interno finalmente deserto – il turno festivo ha anche qualche vantaggio – e spense l'antiquato lettore cd sulle ultime note dello straziante *September*, il *lied* composto nel secondo dopoguerra da un desolato Richard Strauss su testo di Herman Hesse: a un tempo canto di morte della musica romantica e cupo lamento per le devastazioni del Terzo Reich. Non erano nemmeno le nove del mattino e già la camicia si appiccicava alla pelle. Appena giunto a portata di orecchie dall'ufficio, fu accolto dall'eco di un pianto sommesso.

– Che succede qui? Orrú? Cianchetti? – si annunciò, spalancando la porta della segreteria.

Deborah e Gavina attorniavano la segretaria Brunella. Piangente, come di consueto.

– Brunella! Ma che succede?

Brunella, camicetta color vinaccia e jeans bianchi, era impossibilitata a rispondere causa eccesso lacrimale. Mentre Deborah cercava di placarla, con scarso esito, Gavina sintetizzò la situazione.

– Vacanza in hotel alle terme di Caramanico. Con fidanzato di turno…

– Disgraziato di turno, vorrai dire, – ringhiò Cianchetti.

– Il quale, – riprese imperterrita la sarda, – non si è presentato, dopo che Brunella aveva prenotato il bungalow Imperial, comunicando via sms l'avvenuta riconciliazione con la consorte…

Manrico si strinse nelle spalle. Tutta la solidarietà di questo mondo: ma le disavventure sentimentali di Brunella erano prevedibili e ricorrenti come l'alternanza fra il giorno e la notte.

– E s'è fatta pure scuci' cinque sacchi! – Cianchetti era avvelenata.

– Cinquemila euro! – Anche Manrico era impressionato. – Glieli ha prestati cosí, Brunella? Senza garanzie…

– Ma stavamo talmente bene insieme, dottore!

– Bene un par de ciuffoli! – insorse l'ispettora. – Ce vado a parla' io co' 'sto deficiente…

A quel punto Brunella mise il freno alle lacrime, dimostrando, se non altro, di saper esercitare, alla bisogna, un notevole autocontrollo.

– Ci devo pensare, – proclamò, decisa. Poi si rivolse a Manrico con una specie di mezzo sorriso timido. – Dottore, so che qui siamo alle prese con un caso complicato. Sono tornata per dare il mio contributo!

Gavina Orrú mascherò a fatica un sorrisino ironico. Deborah lasciò partire uno sbuffo esasperato. Quella battuta doveva averla pescata nella sua faretra di citazioni dalle amate telenovelas.

– Va bene, grazie, Brunella. Ora mettiamoci al lavoro, – tagliò corto Manrico.

Quali che fossero le ragioni, abnegazione o disperazione o entrambe, la ricostituzione della squadra era comunque un gran conforto. Brunella occupò il suo posto di combattimento, in anticamera.

– Ho convocato le persone presenti quel giorno a partire dalle 9.30, – spiegò Gavina, porgendo vari fogli, – e per ciascuno ho preparato una sintetica biografia.

– Dottore, – informò Deborah, – Marini non si trova. A questo punto, una comincia a fa' certi pensieri...

– E quali, Cianchetti?

– Che s'è dato... una fuga, insomma. E siccome s'è dato prima che se sapesse che il colonnello è defunto, allora il sospetto legittimo è che...

– Che fosse al corrente del suo avvelenamento?

– E che, non po' esse'?

Sí, poteva essere. Ma in una dinamica, per cosí dire, idraulica, da causa ed effetto allo stato brado. Senza approfondimento di nessun genere. Senza un perché. E tuttavia, la scomparsa era un fatto.

– Che suggerisce, Deborah?

– Perquisizione a casa, perquisizione a questa specie de casa vacanze di Subiaco, ordine di ricerca...

– Ragionevole. Se ne occupi lei.

– Vado, dotto'.

– È arrivato il primo, – annunciò Brunella affacciandosi dall'anticamera.

– Cominciamo, – sospirò Manrico.

8.

Guido Zulian, 51 anni. Esperienza trentennale come cameriere, anche a bordo di navi da crociera. Scarse tracce della sicumera vagamente arrogante manifestata in occasione del primo incontro con Manrico, al ristorante, durante la perquisizione. Ora spalle basse e sguardo vago. Aria di doversi a ogni costo giustificare.

– Le crociere, dottore, dove bisogna sapersela cavare nelle circostanze piú imprevedibili, si va dal maharaja ubriaco che vomita nelle scarpe della prima ballerina della Scala al milionario americano che vuole provare l'ebbrezza del tuffo di mezzanotte nel Mediterraneo... per non dire dell'andirivieni notturno fra cabine e suite...

Verso i quaranta aveva optato per un servizio meno impegnativo. Era andato a lavorare alle dipendenze di un milionario russo che gli aveva offerto l'esclusiva a bordo del suo yacht ormeggiato a Gaeta.

– Ci veniva una o due volte all'anno, una pacchia che non le dico... un po' noioso, starsene tutto il giorno a non fare niente, ma la paga era decisamente alta...

Proprio in una di queste rare puntatine del magnate nel basso Lazio, Zulian aveva conosciuto chef Marini. Ed era stato amore a prima vista.

– Marini, per cosí dire, era fresco di studi, aveva lasciato l'università rinunciando a una brillante carriera... glielo dicemmo quando venne a trovarci, ricorda, dottore, che era una mente accademica, uno studioso...

– Ricordo, – annuí Manrico.

– Bene. Lascia l'università e per sei, sette anni sparisce. Dopo mi disse che aveva studiato con i piú grandi chef, Adrià, Gordon Ramsay, Cracco... Aveva fatto un sacco di gavetta... e poi aveva deciso di lanciarsi. Si era inventato queste ricette letterarie ispirate ai grandi scrittori, da Cervantes a Balzac, Manzoni, Wilde, tutti, insomma, perché qualcosa l'avevano pure detta tutti... Però poi le cambiava, le interpretava a modo suo... faceva video e li postava... vuole sapere come era finito sullo yacht di quel russo?

– Sono qui apposta, – ironizzò Manrico. Da quando si era seduto davanti a lui, Zulian non aveva fatto altro che tergiversare. E non aveva risposto alle uniche domande che gli erano state poste: chi aveva avuto accesso ai funghi, e, soprattutto, come e quando un piatto veniva assaggiato, prima di essere servito? E da chi?

– Lui, Cesare, si era inventato questo flan al caviale del Volga con sfumature di mirtillo rosso e crema *ganache*... un'autentica follia... l'aveva chiamato «Il maestro e Margherita». E il russo si era fissato che doveva cucinare per lui e per certi suoi ospiti... ospiti molto importanti... anche del nostro Paese, voglio dire, dottore...

Insomma. Cesare Marini aveva apprezzato il modo in cui Zulian stava gestendo il servizio a bordo dello yacht e gli aveva proposto di seguirlo in una nuova avventura. Questa volta sulla terraferma.

– Lavoriamo insieme da... sette, no, otto anni... si può dire che io sia stato la sua ombra, in tutto questo tempo. *Via col Vento*, *Oliver Twist*, *Il Gattopardo*... ne abbiamo aperti, insieme, di posti... ero con lui quando ha preso la prima stella, e anche la seconda... dappertutto, un successo strepitoso! Liste d'attesa di settimane, persino di mesi per prenotare un tavolo da Cesare... non le dico le raccomandazioni! C'è gente che arriva persino a offrirti bei soldoni per avere un tavolo...

Nella mente di Manrico balenarono immagini di ricchi e distinti signori e vezzose signore che si stracciavano le vesti, ululando di dolore davanti al rifiuto dell'implacabile Zulian. Il Quarto Stato all'assalto del Palazzo d'Inverno del *fine dining*. Un palazzo dietro le cui vetrate sorridevano crudeli chef Marini e la sua ciurma.

– E in tutto questo, sia Cesare che io siamo rimasti quelli di sempre... Sa, dottore, la mia qualifica è «direttore di sala», ma per tutti io sono «il capocameriere di Cesare».

Manrico non riusciva a capire dove volesse andare a parare Zulian. Era palesemente sulla difensiva. Il timore era evidente, ma il timore, la paura, in qualche caso il panico, spesso colgono anche le persone piú salde, quando davanti a loro c'è un Pm nell'esercizio delle sue funzioni. L'audizione di un teste intimidito rischiava di rivelarsi una vera perdita di tempo.

– Sta bene, Zulian. Se vogliamo venire al punto...

– Ci arrivo, dottore, ci arrivo. Volevo dire che... è stato bello finché è durato, ma ora...

– Ma ora?

– Guardi qua, – e Zulian porse a Manrico il cellulare.

Anche «il capocameriere di Cesare» era, con ogni evidenza, un fan di 'NDOSPIOSPIO.

La specialità della casa: fantasia di porcini con cadavere. Misteriosa morte del colonnello Vladimiro Micheli, già fra le vittime dell'intossicazione da allucinogeni che, qualche giorno fa, aveva fatto sballare la pattuglia di vipponi attovagliati al celebre ristorante *CONTROCORRENTE* di Roma. Esiste un nesso fra i due fatti? Irreperibile il pluristellato chef Marini (e te credo!) Indagini affidate al Pm melomane Manrico Spinori, detto «il contino». Se ce capisce de coratelle come de soprani e de tromboni, allora stamo a posto.

Be', prima o poi la notizia sarebbe uscita. La morte del colonnello non era certo un segreto. Ora il timore di Zulian appariva ancora piú giustificato. Quanto al sito, il collegamento fra i due fatti... Quelli di 'NDOSPIOSPIO c'erano arrivati per conto loro, o erano stati imbeccati da qualcuno? Da qualche parte doveva per forza esserci una fonte, e anche ben informata.

– E quindi hanno cominciato a disdire, dottore, – Zulian era sempre piú sconsolato, – ambasciate, singoli clienti, membri del governo... se solo avessimo fatto come sempre...

– In che senso, scusi?

– Guardi, noi di solito chiudiamo da metà luglio, quest'anno avevamo deciso di tenere aperto per accontentare clienti di prestigio, avremmo chiuso il 7 agosto, eravamo già al completo sino ad allora e anche alla ripresa, dal 3 settembre, sia per ottobre che per metà novembre... e adesso è tutto finito!

Una nuova immagine scaldò la fantasia di Manrico: ora nel Palazzo d'Inverno del *fine dining* c'erano i ricchi crudeli, e il Quarto Stato erano chef Marini e i suoi. Il fatto è che quella retorica sul cibo cominciava a dargli sui nervi. C'era un morto a cui rendere giustizia. Fosse stato solo per dirgli: ci dispiace, qualcuno si è confuso e ti ha servito il piatto sbagliato.

– Sta bene. La situazione mi è chiara, Zulian. Ora, se permette, alcune domande secche.

– Certo, dottore, mi scusi se ho divagato, ma...

– Primo, – e no, questo Zulian era come quei colleghi che alle assemblee dell'associazione magistrati quando acchiappano il microfono non c'è che un sistema per riconquistarlo: abbatterli, – primo: mi conferma che i funghi, tutti i funghi, li aveva personalmente procurati chef Marini?

– Confermo. Era tornato il venerdí notte dai monti Simbruini, cosí ci disse, con una «cartata» di porcino nero...

– Bene. Secondo: dove erano custoditi i funghi?

– Nel laboratorio, quello che ha visto...

– Chi ha accesso al laboratorio?

– In pratica tutti.

– Anche i camerieri... diciamo cosí, ordinari?

– Se comandati, certo. Però...

– Però?

– Però, ecco, alcuni generi... Insomma, no, meglio, materie prime alle quali Cesare, o anche Giovanni, il sous chef, quando è di turno lui, tengono in modo particolare... finiscono o nella ghiacciaia o nelle dispense a combinazione...

– Combinazione? Come una cassaforte?

– Precisamente.

– E quei funghi?

– Non so, io quel venerdí non c'ero, ho preso servizio il sabato, e quando sono arrivato la «cartata» era già in cucina...

– E chi ha accesso a queste dispense e ghiacciaie «segrete»?

– Cesare. E Giovanni Donati, ma solo se Cesare è a riposo.

– Capisco. Terzo: chi era di servizio, o di turno, fra il sabato e la domenica?

Seguí un lungo elenco di nomi noti e non.

– Quando è iniziata la preparazione del piatto... Alice nel Paese delle Meraviglie, mi pare, no?

– Proprio cosí. Be', la cucina di Cesare è molto leggera, sostenibile, cerchiamo... Mi scusi, lui cerca... leggerezza, sí... Doveva essere servito intorno alle 21.30-22, quindi direi non prima delle 21.

– Cosí poco tempo? – stupí Manrico.

– Gliel'ho detto. Il canone è la leggerezza...

– Come avviene, in pratica, la preparazione?

Zulian si avventurò in una spiegazione piuttosto verbosa. Manrico stava decisamente perdendo la pazienza. Cercò di tirare le somme con una certa ruvidità.

– Riassumendo: alla preparazione hanno partecipato chef Marini, sous chef Donati, il capopartita Lima e lo chef tournant Bonetti.

– Esatto.

– Bene. Il piatto viene assaggiato prima di essere servito?

– Certo, ci mancherebbe!

– Chi può assaggiare?

– Lo chef e tutti quelli ai quali lui chiede espressamente di farlo.

– E se non lo chiede?

– Lo chef, – sorrise Zulian, – è come il re, in cucina. O il papa. Ha potere di vita e di morte sulla brigata. Senza una sua richiesta, nessuno osa muovere un dito.

– E quella sera? Lei ricorda se Marini chiese a qualcuno...

– Sí, a Giovanni Donati.

– Come fa a dirlo?

– L'ho visto farlo coi miei occhi.

– L'ha visto assaggiare?

– Sí.

– E da dove?

– Dal piatto dell'assaggio. Una piccola porzione della pietanza pronta da servire che lo chef preleva e mette da parte proprio per l'assaggio… Una volta dato l'okay, avviene l'impiattamento vero e proprio…

Gavina Orrú aveva scaricato una fotografia di Alice nel Paese delle Meraviglie. Una composizione di funghi dadolati, avviluppati in una sorta di pellicola collosa e disposti ai quattro lati del piatto di portata. Al centro, una *x* composta dalle due metà di un'alice del Cantabrico. Ed ecco spiegata la «croce» di pesce azzurro che figurava nella descrizione. Colori dominanti: il giallo ocra del fungo, il marrone cupo delle alici e una vena rossa della cui origine Manrico non aveva idea e che rassomigliava a un inquietante sbaffo di sangue. Bello. Elegante. Mortale.

Congedato Zulian, Manrico sentí in rapida successione la bionda sommelier Doriana Bracco, che sembrava reduce da una crisi di pianto, i camerieri Procaccianti e Calcopietro, il capopartita Lima e il tournant Bonetti. Le schede di Gavina erano come sempre molto dettagliate. Bracco, giovane brillante sommelier, 27 anni, molto spigliata in varie interviste, fan del vino biologico e libero. Gianni Lima, trentatre anni. Cesare Marini gli aveva chiesto di assaggiare il famigerato piatto. Lui aveva obbedito. E dopo una mezz'ora aveva cominciato a sentirsi strano. Era uscito, gli sembrava che la strada gli venisse incontro e dai lampioni si distaccassero minuscole creature alate e sorridenti. Non ricordava altro fino a che una pattuglia della Municipale non lo aveva fermato all'altezza del circolo Aniene. Circostanza confermata da un verbale che Orrú aveva verificato. Procaccianti e Calcopietro, camerieri di lunga data, piantano in asso il tradizionale ristorante *Neve Accecante* di Corvara e decidono di tornare nella natia Roma al seguito di Marini, definito il migliore dei datori di lavoro possibili. Esibiscono buste paga importanti e contratti regolari. Achille Bonetti, ventinove anni, astro nascente della cucina di classe, lanciato tre anni prima dal talent condotto (fra gli altri) proprio da Cesare: *I Re Mangi*. Deposizioni sovrapponibili a quella di Zulian, sin nei minimi dettagli. E per ciascuno di loro l'avventura del *Controcorrente* era giunta al capolinea per colpa di quel disgraziato incidente. Ma tutti confidavano nelle capacità di ripresa di chef Marini. Avrebbe ricominciato altrove, si sarebbe lasciato alle spalle quell'infortunio inverosimile. E loro lo avrebbero seguito.

Ulteriore tratto comune: nessuno era in grado di spiegarsi l'accaduto. Nessuno. Come avevano fatto due funghi, uno allucinogeno e uno letale, a finire nei piatti dei clienti? E quando? E come? L'unica cosa certa, e su questo Bonetti era stato molto convincente, era che due microscopici dadini di *Psilocybe* e *Amanita* possono in effetti essere mescolati a un onesto porcino senza che neppure il palato piú raffinato se ne accorga.

Ma c'era qualcosa che non tornava. Manrico sottopose la questione al tournant Bonetti.

– Però, abbia pazienza. Questa storia che uno chef non si accorge del sapore può valere per il fungo cotto. Ma se parliamo del fungo, diciamo cosí, crudo, vivo, quello appena colto... Be', come fai a confonderti? La *Psilocybe* col porcino nero, e poi l'*Amanita*... No, no, me ne accorgerei persino io...

Bonetti non aveva risposte. E non ne aveva nemmeno Donati, il sous chef, sentito per ultimo, dopo la pausa pranzo: anche lui, come Cesare, aveva assaggiato Alice nel Paese delle Meraviglie e non si era accorto della presenza dell'allucinogeno. Ma oltre a questo... Confermò parola per parola le dichiarazioni dei colleghi. Unica differenza: si disse sicuro che la crisi del *Controcorrente* fosse passeggera.

– La gente dimentica presto, dottore. Adesso chiudiamo, ma credo che Guido e gli altri siano troppo pessimisti. Riapriremo a settembre. Cesare si inventerà qualcosa. Lui è un autentico artista... Sa che ha scritto di lui un critico? Ha scritto, vado a memoria: la cucina di chef Cesare Marini esprime nella tecnica dell'impiattamento una tensione paesaggistica, ma del paesaggismo che rinvieni nel Giotto primitivo, in Piero o nelle composizioni piú delicate, e al contempo inquietanti, dei preraffaelliti...

Manrico fu tentato di esibirsi in una battuta acida, tipo «non sarà mica Mondrian o Mozart...» ma si trattenne. Gli era già accaduto, quando aveva indagato nel mondo della moda, di provare una certa diffidenza per l'enfasi con la quale gli addetti a quel genere di attività dipingevano sé stessi. «Quanto se la tirano, eh, dotto'», aveva sentenziato Cianchetti. Poi si era dovuto ricredere. Almeno in parte. C'era nella moda un aspetto triviale, commerciale, manipolatorio. Ma c'erano anche arte, e visione del mondo. E lo stesso poteva dirsi della cucina. Doveva liberarsi di schemi mentali angusti. Era il primo a reagire con fastidio quando qualcuno cercava di demolire la sua amata lirica. S'imbufaliva davanti agli ameni luoghi comuni, tipo: ah, l'opera, certo, il tenore vuole farsi il soprano e il baritono s'incazza. In epoche diverse, avrebbe combattuto duelli, per questo. Lui amava l'opera, altri la *grande cuisine*... Perché, dunque, negare quarti di nobiltà all'antica arte della tavola? Non si erano forse decisi destini di popoli e di dèi, fra un rombo alla brace e un flan di zucca? Ah, e dimenticavo: Gioacchino Rossini. Non aveva forse fatto della buona tavola una religione, il sublime Rossini?

E comunque, quando la squadra si riuní per fare il punto della situazione, le prospettive erano tutt'altro che rosee.

– Rispetto a quanto sapevamo sin dalla perquisizione, –

osservò Manrico, – abbiamo qualche particolare in piú, ma in sostanza...

Si incaricò di riassumere lo stato delle cose Cianchetti.

– Semo daccapo a quindici. Insomma: c'è stato un doppio avvelenamento, o meglio, sballo e avvelenamento. La *psicociccia*, là, come se chiama...

– *Psilocybe semilanceata*, – nemmeno se l'avesse fatta il Padreterno in persona Gavina Orrú si sarebbe astenuta dal correggere una citazione sbagliata.

– Vabbe', se semo capiti... L'allucinogeno va a finire nei piatti dei tavoli che l'hanno ordinato, e quando chef e sotto chef, cioè Marini e Donati, assaggiano 'sto cavolo de Alice nel Paese delle Meraviglie, c'è solo l'allucinogeno, perché sennò nun se spiega che loro stanno bene e il colonnello ha preso l'ora pro nobis...

– Deborah, ma come parli? – A onta della situazione, alla sarda era scappata una risata convinta.

– Gavi', essú, io so' nata a Ottavia, abbi pazienza...

– Scusa, scusa...

– Ma de che! Oh, stavo a di'... invece, quando il colonnello addenta, poi muore... quindi, solo nel piatto del colonnello, e solo dopo che chef e sous chef avevano assaggiato, c'è finita l'*Amanita*... Hai visto che l'ho detto bene, Gavi'?

– E fa pure rima!

Ma che c'avevano quelle due? O era solo un modo per stemperare la frustrazione di girare a vuoto? Perché, messa cosí, la questione rasentava l'assurdo: preparazione del piatto in cucina, assaggio, servizio. Qualcuno aggiunge *Amanita* all'allucinogeno nei rapidi istanti che precedono il servizio al tavolo. O durante l'impiattamento. Di un solo piatto. Quello destinato al colonnello. Chi aveva voluto quella morte? E soprattutto: perché? Il colonnello, questo

Micheli... era forse una vittima designata? E se sí, come essere certi che il piatto finisse proprio a lui? Ma un attimo: questa è l'ipotesi del dolo. La colpa, sulla cui base si erano mossi sino a quel momento, presupponeva ben altro scenario.

– Cioè, – e qui Manrico riprese il ragionamento a voce alta, – Marini fa una... come direbbe Cianchetti, «pecionata»...

– 'Na pecionata, corretto! – confermò lei.

– Una pecionata assurda, non si accorge di aver colto due funghi... No, scusate... non si accorge di aver cucinato due funghi, diciamo cosí, eccentrici rispetto al porcino nero...

– O glieli hanno messi altri... – osservò Gavina.

– O lo ha fatto apposta, – e questa era Cianchetti.

– Nel qual caso... – Gavina dette il La, e prontamente l'ispettora si accodò.

– Nel qual caso, è un omicidio volontario. Volontario e premeditato... Dotto', qua se non salta fuori 'sto Marini...

– Esiti delle perquisizioni?

– Negativi.

– Fratelli? Sorelle? Fidanzate? Compagni?

– C'è una, ma pare che se so' lasciati, e comunque sta in vacanza...

– Pure lei!

– Eh. A momenti è ferragosto...

– Ma questo Marini, – s'inserí Orrú, – non partecipava a quel programma, quello di cucina?

– *I Re Mangi*, – confermò Deborah.

– Magari possiamo farci raccontare da quegli altri chef che tipo è.

– Se volete me ne occupo io, – si offrí Deborah.

– Aggiudicato, – disse Manrico e poi aggiunse, con un sospiro, – e non dimentichiamo la cimice.

– C'è riuscito a parlare col procuratore? – chiese Gavina.

Manrico stava per rispondere quando, come evocato da potenze superne, il procuratore lo cercò sul cellulare.

– Manrico? Dobbiamo vederci.

– E dove? A Umago?

– Fai poco lo spiritoso! Sono nel mio ufficio. Vieni subito.

9.

Nell'ufficio di Gaspare, che avrebbe potuto finire su qualche rivista di architettura come modello di funzionalità ed eleganza di una moderna unità lavorativa statuale, in compagnia del procuratore c'era una donna. Sedeva con aria apparentemente svagata su una delle poltroncine che Gaspare riservava agli interlocutori di pregio, che non venivano fatti accomodare sulla sedia di fronte alla sua gigantesca scrivania. Manrico la riconobbe all'istante. Si erano già incrociati, un paio di giorni prima. Lei allora indossava una camicetta rosa e una gonna attillata, e Manrico era stato colpito dalla sua aria impertinente. Sino a provare un'autentica scossa elettrica. Era la tipa che entrava nel *Controcorrente* mentre lui e Deborah Cianchetti ne uscivano, dopo la perquisizione. Allora la donna portava i capelli biondi raccolti, ora li aveva sciolti, ma, notò il contino, piú corti, quasi alla maschietta, o, meglio, alla Louise Brooks. Una Louise Brooks bionda, dal lungo collo e dagli occhi chiari e freddi. Indossava un tailleur pantalone color crema con blusa blu notte. E non era scortata dal palestrato.

– Manrico, vorrei presentarti la dottoressa Stefania Baldini dell'Aisi. I Servizi di sicurezza interni. In pratica, il controspionaggio nazionale.

Manrico s'inchinò leggermente, in segno di saluto. Lei rispose con un breve cenno del capo. Manrico avvertí una nuova scossa elettrica. L'appeal di quella donna era evidente.

– Buongiorno, dottoressa.

– Buongiorno. E, dottor Spinori... è nostra.

– Come, prego?

– La microspia nel ristorante *Controcorrente*. L'abbiamo messa noi.

– La dottoressa Baldini, – chiosò Gaspare Melchiorre, – ha voluto comunicartelo di persona, nel quadro della leale collaborazione a cui devono informarsi i rapporti fra le varie branche delle istituzioni... Caffè?

– Sí, grazie, – risposero, all'unisono, il magistrato e la bella spia.

Gaspare accese la macchinetta. Manrico prese posto anche lui su una poltroncina e invitò la funzionaria a completare il racconto.

– Come lei sa bene, dottor Spinori, i Servizi possono effettuare, d'intesa con il procuratore generale, intercettazioni preventive...

– Prive di valore probatorio, – sottolineò Manrico.

– Certo, – sorrise lei, un sorriso meno glaciale di quanto fosse lecito attendersi, – ma utili come spunti per eventuali notizie di reato...

– Chiaro. Ed è quello che avete fatto nel ristorante.

– Precisamente.

– Zucchero? – s'informò Gaspare.

– Amaro, – risposero entrambi, anche stavolta all'unisono. Se non altro, pensò Manrico, abbiamo qualcosa in comune.

Il procuratore serví il caffè.

– Tenevate sotto osservazione il colonnello Micheli? – chiese Manrico.

– Si trattava di una normale attività... valutativa.

– Sí o no, dottoressa?

– Manrico! – scattò su Gaspare.

– Le faremo pervenire una relazione dettagliata quanto prima, – assicurò la Baldini.

– Deduco, – riprese Manrico, – che l'altro giorno lei e il suo... immagino collaboratore... vi trovavate al ristorante per recuperare la microspia...

– Deduce bene, – concesse lei.

– Non ci voleva Sherlock Holmes, – sorrise Manrico, – semmai, le chiederei perché non ci avete pensato prima. Il video era già stato divulgato...

– Ma non sapevamo che ci fosse stato un decesso, – rispose lei, asciutta, senza dar minimamente l'impressione di volersi scusare, – pensavamo che non ci fosse nessun allarme specifico.

– Poi quando avete saputo della morte di Micheli...

– Siamo intervenuti, ma con un attimo di ritardo. Ora mi tolga lei una curiosità: come ha fatto a trovare la microspia? Era nascosta male, suppongo.

– Pura coincidenza, dottoressa.

Manrico raccontò del rilevatore del quale, per caso, era in possesso Cianchetti.

– Questa storia andrà a incrementare le leggende sugli spioni pasticcioni, – commentò la Baldini, con un guizzo di autoironia.

– Capita anche nelle inchieste, dottoressa, non se la prenda, – intervenne Gaspare, – la realtà è molto diversa dalle fiction... vero, Manrico?

Melchiorre nella sua versione uomo di mondo, dove «uomo di mondo» si traduceva con «spacciatore di banalità». Obbligato il tono mellifluo. Insopportabile.

– Tu lo sapevi, vero, Gaspare?

Il procuratore fissò Manrico, interdetto. Non si aspettava un attacco cosí diretto.

– L'abbiamo già sottolineato, mi pare, – cercò di difendersi, – la pratica è di competenza del procuratore generale...

– Ma io non ti ho chiesto chi ha autorizzato le intercettazioni. Ti ho chiesto se tu sapevi.

– Manrico, sono rientrato apposta dalla Croazia per non lasciarti solo...

– Il procuratore è stato informato, ovviamente, – intervenne la dottoressa Baldini, scatenando l'imbarazzato tossicchiare di Gaspare, – ma gli ho chiesto, come favore istituzionale, di aspettare il mio via libera prima di comunicare la circostanza al magistrato incaricato, cioè a lei.

Con un sospiro di sollievo, Gaspare si aggrappò al salvagente che gli era stato lanciato.

– A ogni modo, Manrico, posso assicurarti che ho insistito perché tu venissi informato quanto prima!

C'era stato un tempo in cui quei balletti istituzionali, quei confronti di pennuti arroganti, quei trabocchetti scivolosi degli *interna corporis* dell'amministrazione avevano il potere di scatenare la sua indignazione. Ma ora Manrico si era rassegnato. Esisteva, e aveva dovuto persino lui riconoscerlo, un livello impenetrabile, quasi mistico, nel quale il dovere istituzionale sfumava ed entravano in gioco altre forze. Oscure, quasi mai nobili, prepotentemente meschine. Si oscillava dall'intrigo dei salotti al carrierismo del singolo funzionario, finché alla fine qualche formula magica non copriva tutto, il tappeto sotto il quale nascondere il pattume degli *arcana imperii*. C'era chi la chiamava «ragion di Stato», e chi sicurezza nazionale. A volte era persino vero. Piú spesso non era che una frode. Alla fine, Manrico aveva smesso di indignarsi. Il valore dell'indignazione, del resto, era in caduta libera. Non sarebbe mai stato al gioco, non sino alle estreme conseguenze e non con l'abilità manovriera di un Gaspare Melchiorre. Ma aveva smesso di combattere contro i mulini a vento. Se ne restava piuttosto tranquillo, a volte fingendo anche di essere sprofondato in letargo. Puntava a obbiettivi meno vasti e di meno ampio respiro. Capire com'era andata con Micheli e i Servizi, per esempio. Arrivarci con pazienza e ironia. A rischio di passare per fesso.

– Chiaro. E adesso che cosa dovrei fare, dottoressa Baldini?

– Quello che prescrive la legge. Rediga la sua relazione senza omettere nulla… Per quanto riguarda eventuali dettagli, però, la prego di attendere le nostre ulteriori informazioni.

– Bene. Ma il colonnello è stato assassinato… o forse è morto per errore… in ogni caso, io ho il dovere di indagare.

Lei gli dedicò un sorriso che Manrico trovò sorprendentemente caldo. Che avesse frequentato una buona scuola di recitazione?

– Non siamo certo in una dittatura, dottor Spinori. Il nostro compito è la difesa del Paese e delle sue istituzioni, non l'intralcio alla giustizia…

– Ci sono pagine della nostra storia recente che deporrebbero in senso lievemente diverso…

– Acqua passata, – tentò di minimizzare Gaspare. Nuovo sorriso della Baldini.

– Ogni Stato ha il dovere di difendersi, e a volte questa sacrosanta esigenza viene affidata a uomini e donne che non ne sono degni… Ma il passato è ormai alle nostre spalle, e noi siamo persone molto diverse… E ora, se mi permettete…

Si alzò, e tese la mano a Manrico. Lui la trattenne per un istante. Dita affusolate, forse suonava uno strumento. Lo sguardo restava freddo, scrutatore. Nel profumo, complessivamente delicato, spiccavano piú decise note di zenzero e affumicato.

– Perché spiavate il colonnello, dottoressa Baldini?

– Non le ho detto che spiavamo...

– Chi era la persona con lui?

– Immagino un suo amico.

– Quelli del ristorante erano al corrente della microspia?

– Non mettiamo i manifesti quando siamo operativi, dottore.

– Intendete apporre il segreto sulla vicenda?

– Non è un'ipotesi al vaglio, in questo momento.

E Stefania Baldini uscí regalmente di scena, non senza aver accettato con notevole dignità il goffo baciamano di Gaspare Melchiorre.

– E anche questa è fatta! – Il procuratore sbuffò, sollevato.

– Che cosa sai di questa storia che non mi hai detto, Gaspare?

– Ti ho detto tutto quello che so, te lo garantisco. Il procuratore generale in persona mi ha assicurato che si trattava solo di un'attività preliminare... niente di rilevante.

– Te ne torni in Croazia? – provocò Manrico.

– Se voglio evitare il divorzio...

Bene. Stefania Baldini nascondeva qualcosa. Era cosí evidente che non aveva fatto nulla per dissipare i dubbi di Manrico sull'intera vicenda. Particolarmente dura da digerire la sua presunta non conoscenza dell'ospite di Micheli. Per questo Manrico, rientrato in ufficio, mise Orrú e Deborah al corrente degli sviluppi. La sarda si incaricò di setacciare la rete alla ricerca di notizie sul misterioso commensale del colonnello. Quanto a Micheli, il materiale che Orrú aveva raccolto era univoco: grande lavoratore, mai una macchia, carriera eccellente, attestazioni di stima di superiori e amici, encomi e incarichi prestigiosi.

– E ristoranti di lusso, – sottolineò Deborah, – e insisto: come se li permette uno con lo stipendio da colonnello?

Orrú assicurò ricerche piú approfondite. Deborah propose di chiedere al personale del ristorante se avessero saputo della microspia.

– E secondo lei, – Manrico era scettico, – la Baldini mi ha detto una bugia? Quando sa benissimo che potrei verificare in qualunque momento?

– È proprio questo che non mi convince. Me sembra troppo... collaborativa. Dotto', ma quando mai le barbefinte te dicono: prego, vada avanti, si accomodi, faremo tutto nella massima trasparenza... quelli fanno finta di non sapere manco il loro nome... E poi arriva lei, scusi, eh, e quella rivendica la microspia e dice: parlatene pure...

– Forse perché noi l'abbiamo scoperta e quindi hanno pensato di giocare d'anticipo.

– Uhm. Quelli so' serpenti velenosi. Me raccomando, stia in campana!

– Cianchetti, sapesse quanti suoi colleghi mi hanno chiesto raccomandazioni per essere reclutati.

– E ce credo! Là se guadagna 'na cifra!

Manrico redasse rapidamente la prima relazione nella quale dava atto del rinvenimento della microspia e dello stato delle indagini e la inoltrò al procuratore, ben sapendo che sarebbe finita sulla scrivania dell'aggiunto anziano che, in assenza di Melchiorre, reggeva la Procura.

E anche questa giornata volgeva al termine. Con qualche piccolo progresso, scarsi esiti nel complesso, e l'interrogativo irrisolto di fondo: che cosa c'era dietro la morte di Micheli: dolo o errore?

Stella Dubois, via WhatsApp, propose cena a lume di

candela a Fregene e poi party sulla sabbia. Lui declinò. Lei rilanciò: domani? Lui propose una *Carmen* di Bizet alle Terme di Caracalla. Lei rispose dopo un po': «Ah, la lirica, già. Vediamo». Manrico acquistò comunque on-line due biglietti. Era in preda a una strisciante inquietudine. Stella non c'entrava. Ormai i rapporti si erano riannodati, anche se era consapevole di essersi avviato lungo una strada quanto meno incerta. No. Il fatto è che per tutta la giornata non si era sentito con donna Elena. Aveva però parlato al telefono con Camillo. Il maggiordomo gli aveva rivelato che donna Elena si era negata, piú volte.

«È in collera con me. Mi considera un traditore!»

L'aveva rincuorato. Ma la situazione meritava un controllo accurato e, se del caso, un intervento. Cosí, guidando con la consueta malavoglia, poco prima delle dieci di sera si ritrovò a Sabaudia. Tutti i suoi timori si rivelarono infondati. Alex e Rachele mangiavano un gelato in terrazza tenendosi per mano sotto una gagliarda luna crescente. Fatma passava lo smalto alle unghie di donna Elena mentre insieme guardavano un vecchio film di 007.

– Quanto mi piace l'attore Sinicori! – sospirò l'italo-marocchina.

– Chi?

– Sean Connery, – tradusse la madre, – l'attore Sean Connery.

E tutti risero.

10.

Nottetempo, Orrú aveva rintracciato il commensale di Micheli, un russo.

– Si chiama Valerj Borisov, è un giornalista culturale. Parla bene italiano. Ci sono suoi video in cui intervista registi, attori, recensisce libri, ha partecipato anche a un paio di trasmissioni televisive.

– Vive qua? – s'informò Manrico.

– Fa avanti e indietro con Mosca e di solito risiede in albergo.

– Dobbiamo controllare...

– Già fatto. È stato per tre settimane all'hotel *Genio*, in centro. E poi è partito all'improvviso...

– Nun me di', – sghignazzò Cianchetti, – la notte del fattaccio...

– Ovvio, – confermò la sarda.

– Il tipo del ristorante, Bonetti o Zulian, uno di loro, – ricordò Deborah, – diceva che non era la prima volta che si vedevano, col colonnello...

– E la Baldini, – qui Orrú puntò l'indice contro Manrico, – dice che non lo conosceva...

– Be', a questo punto, – il contino tirò le somme, – mi sembra chiaro. Spiavano il russo, o il colonnello. O forse gli incontri fra il russo e il colonnello.

– Probabile, – concordò Orrú.

– Come si fa a sentire 'sto russo? – chiese Deborah.

– O torna in Italia di sua spontanea volontà, – rispose Manrico, – o dobbiamo attivare una rogatoria.

– Coi russi?

Manrico allargò le braccia. Ci era già passato. Una volta si era reso necessario raccogliere la deposizione di una ragazza russa che aveva denunciato per violenza sessuale un tizio conosciuto in discoteca. C'erano voluti anni di andirivieni diplomatici per ottenere una risposta. Negativa. Da quella parte non c'era niente da fare...

Di chef Marini ancora nessuna notizia. Quanto ai suoi colleghi del talk show, era piú facile parlare co' Sua Santità che co' loro. Parola di Cianchetti.

– Dice che stanno girando la nuova stagione, e manco ti dicono dove. Mi sa che toccherà convocarli ufficialmente...

– Ho preso pure qualche informazione sulla Baldini, – riprese Orrú, – ma c'è poca roba. Non è figura pubblica dei Servizi, non risulta da nessuna parte nemmeno una qualifica. In rete si trova molto sui dirigenti, ovvio, quelli che rappresentano la veste pubblica, ma sugli altri... Tutta questa reticenza fa venire in mente che sia un'operativa... Eppure, una volta, sei o sette anni fa, risulta alla cerimonia di un premio conferito dalla Camera dei deputati per le relazioni fra Italia e America... ci è andata in rappresentanza del ministero degli Esteri...

– Non si sfugge a Orrú! – ridacchiò Deborah.

– Esteri mi fa pensare alla diplomazia, – commentò Manrico.

– E infatti negli archivi della Farnesina risulta qualcosa su tale Stefania Cecchi Baldini, che compare precisamente nei ranghi del segretariato generale... Ha lasciato cadere il doppio cognome dopo il divorzio da Gianfilippo Cecchi, immobiliarista di una certa fama...

Per tutto il resto della giornata, in pratica, non successe nulla.

All'ultimo minuto, con un messaggio corredato da un paio di beffardi cuoricini, Stella Dubois fece sapere a Manrico che non lo avrebbe accompagnato all'opera. Questa era Stella: prendere o lasciare. Ed era sempre lei a decidere il come e il quando. Alla fine, Manrico dovette ammettere di trovare persino simpatica la situazione. A patto di non farsi coinvolgere emotivamente. Una telefonata con Sabaudia lo rassicurò: tutto in ordine. Alex aggiunse che donna Elena non permetteva alla povera Fatma nemmeno di respirare. Le aveva persino sentite cantare insieme una vecchia canzone. Manrico era libero di trattenersi a Roma, risparmiandosi la defatigante discesa lungo l'impossibile via Pontina.

A questo punto, avanzava un biglietto per la serata alle Terme di Caracalla. Lo offrí alla compagnia. Deborah Cianchetti se ne impossessò al volo: l'esperienza della *Traviata* vista in primavera le aveva fatto venire piú d'una curiosità. Orrú e Brunella espressero il desiderio di unirsi. La sarda rimediò due biglietti last minute.

Alle nove meno una manciata di minuti si ritrovarono davanti all'ingresso delle Terme. Per fortuna avevano seguito il consiglio di Manrico, evitando toilette troppo sgargianti. Quelle, commentarono ridacchiando mentre si avviavano ai loro posti, erano riservate alle turiste americane e russe, ai loro duelli a colpi di griffe esagerate. Da giovane, Manrico aveva goduto dell'ormai abrogato privilegio di assistere alle rappresentazioni quando si svolgevano all'interno delle Terme. Ricordava cantanti e ballerini che si aggiravano fra i ruderi, il lascito del sanguinario imperatore franco-cartaginese come palcoscenico naturale di uno spettacolo unico al mondo: come suol dirsi, anche

Caracalla ha fatto cose buone. Tutto era finito nel '93, con una sospensione che si era temuta irreversibile. Invece, nel 2001 c'era stata la ripresa. Ma in diverso contesto. Le antiche pietre, le colonne, le strutture dei ruderi, ora massicce, ora svettanti, restavano sullo sfondo, «quinte» enfatizzate dal gioco di luci e ombre di luminarie strategicamente disposte fra i vialetti chiusi al pubblico. Il traffico aereo accendeva di sonorità improvvise i notturni stellati della zona archeologica e le grida dei gabbiani si mescolavano agli acuti dei soprani. Un prezzo accettabile da pagare al rispetto del complesso monumentale. Ma il fascino restava intatto, eterno. E quando l'opera meritava, come quella sera, la bellezza di Roma tornava a pulsare elettrizzante nelle vene.

In quel momento le luci si spensero e uno scroscio di applausi accolse l'entrata in scena del direttore d'orchestra.

Cominciava la *Carmen*, una delle opere piú amate di sempre.

Per i primi due atti, oltre a godersi lo spettacolo, Manrico cercò di tenere d'occhio le sue collaboratrici. Riteneva la divulgazione dell'opera una sorta di missione. Ogni anima conquistata alla causa era un'anima guadagnata alla fede. Se lo diceva con un po' d'ironia autodifensiva, ma in fondo ne era convinto. Le sue tre irrinunciabili collaboratrici, la sua squadra. Assistere a un'opera era per loro come fargli un regalo. Cercare una forma di condivisione con il suo mondo, cosí lontano dal loro. Cianchetti, già alla sua seconda opera, seguiva con grande concentrazione gli sviluppi della vicenda. Brunella era ipnotizzata dal testo che appariva in sovrimpressione bilingue sulle colonne a lato della scena, e di tanto in tanto compitava qualche sillaba. Orrú manteneva un'espressione indecifrabile. Dal suo canto, Manrico era ai confini del rapimento. La foga rivoluzionaria e la ferocia romantica di Bizet lo avevano sempre affascinato. *Carmen* poteva apparire un'opera semplice, gratificata da un immenso successo che sfidava il tempo. Ma la sua tessitura interna era complessa, a tratti ardita. E a volte inafferrabile, come quell'amore, paragonato a un uccello ribelle, che ne percorre le vene.

Nell'intervallo fra il secondo e il terzo atto si ritrovò faccia a faccia con Stefania Baldini. La bella agente dell'Aisi era in fila, come lui, per conquistarsi un drink al modesto bar delle Terme.

– Prenderebbe un calice di rosso anche per me, conte?

In ufficio da Melchiorre la sua voce gli era apparsa piú aspra, meno modulata. Ne dedusse che la Baldini era capace di giostrare su vari registri. Dovette ammettere che quella sfumatura bassa e roca era alquanto gradevole.

Ci mise cinque minuti a procurarsi il calice per Stefania Baldini e una bottiglietta, purtroppo calda, di acqua per sé. Lei lo aspettava graziosamente seduta a gambe incrociate su una pietra muschiosa sporgente. Indossava pantaloni di un grigio tenue e una camicetta rosa pallido con losanghe color lillà. I capelli apparivano freschi di parrucchiere. Orecchini di lapislazzuli mettevano in risalto la forma vagamente zingaresca dell'ovale. Che ci fosse qualcosa di Carmen in lei? Un che di donna-volpe, senza dubbio, lo possedeva. E quegli occhi saettanti… Attenzione, Manrico, attenzione.

– Grazie, lei è molto gentile.

– Sono oggetto di attenzione da parte dei Servizi?

– Ha fatto qualcosa per cui dovrebbe esserlo?

– Che mi dice di Borisov?

– Chi?

– Andiamo, su, non mi deluda, dottoressa Baldini. Il russo. Spiavate lui o il colonnello?

– Siamo in pieno week-end, conte. Il lavoro a lunedí.

E lo piantò in asso proprio mentre l'altoparlante dava i cinque minuti prima della ripresa.

A fine spettacolo, Manrico si attardò nello spiazzo antistante l'ingresso, commentando *Carmen* con Brunella e Orrú. La segretaria aveva lo sguardo sognante.

– Che bella storia d'amore! Cosí tragica, cosí intensa!

La sarda era accigliata. Non capiva l'ostinazione di Carmen in quella che alla sua mente razionale era sin da subito apparsa una corsa a perdifiato verso la morte. Quanto a Cianchetti, era andata a recuperare la scattante Abarth del fidanzato, che stava usando in quei giorni in cui l'ispettore superiore Diego Cosenza era in missione «undercover» in Puglia. Quando tornò dal gruppo, dopo essersi districata con manovre ai limiti del codice penale in uno dei tanti spazi «creativi» che i romani continuavano a preferire a qualunque parcheggio ordinato, l'ispettora trovò solo le due colleghe. Di Manrico nessuna traccia.

– Ha preso il taxi? – s'informò.

– È venuta una e se l'è portato via, – disse Brunella.

– Una chi? La conosciamo?

– Quella dei Servizi, – fu la laconica spiegazione di una sdegnata Orrú.

Manrico, in quel momento, era a bordo della Bmw Cabrio rossa di Stefania Baldini. Direzione: il centro di Roma; obbiettivo: un boccone e un bicchiere.

– Non so lei, ma io muoio di fame, dottor Spinori... Posso chiamarla Manrico? Io sono Stefania.

Se quello era una specie di rapimento, be', quanto meno lui si era prestato al gioco, una vittima consenziente. Lei lo aveva letteralmente strappato alla conversazione con Brunella e Orrú, e lui non aveva opposto che una blanda resistenza di facciata. Stefania Baldini, oltre ad avergli procurato una pericolosa scossa elettrica, lo incuriosiva. Con i capelli mossi dal vento sollecitato da una corsa a velocità eccessiva sul Lungotevere, lasciava trasparire un che di nobile e di sbarazzino a un tempo. Manrico adorava le donne multiformi e complicate, soprattutto se inafferrabili. E detestava la prevedibilità.

– Glielo chiedo ancora: mi sta seguendo, per caso, Stefania?

– La sua passione per la lirica è nota. Stasera era in programma un evento come la *Carmen*. Deduzione elementare, non le pare?

– Avrei potuto non andarci.

– Mi sarei consolata con lo spettacolo.

– A ogni modo, mi stava cercando.

– Diciamo che avevo un notevole interesse ad approfondire la conoscenza.

– Poteva venire a trovarmi in ufficio.

– Non sia cosí rigido e formale, la prego. Non corrisponde al ritratto che mi è stato fatto di lei.

– Ah, sí? E da chi?

– Lei non frequenta i social media, e mantiene un profilo alquanto riservato. Ma per quanto si cerchi di sfuggire alla rete, qualche traccia si trova sempre. So molto piú di lei di quanto riesca a immaginare.

– Ma non mi ha detto perché ho destato tutto questo interesse nei Servizi.

– E chi ha parlato di Servizi? Magari, lei mi interessa come persona…

– Questa potrebbe essere dura da digerire, dottoressa Baldini. Se non avessimo scoperto casualmente quella microspia noi non ci saremmo mai incontrati.

– Ma visto che ci siamo incontrati…

E lasciò la frase in sospeso. Pochi minuti dopo sedevano in un *wine bar* che affacciava sull'incantevole piazzetta Mattei. Un drappello di giovani turisti impediva la visuale della bella fontana cinquecentesca con le sue sbarazzine tartarughe. Stefania Baldini aveva ordinato crudo di mare e bollicine per due. D'autorità.

– Comunque, – sospirò, accendendo un sottile cigarillo aromatico, – mia madre era una brava pianista. Sarei andata a Caracalla anche se non avessi avuto quell'interesse di cui parlavo prima.

– Le piace l'opera?

– Sí e no. Non mi piace l'aura mistica che la circonda. Non mi piacete particolarmente voi melomani. Mi piacerebbe poter assistere agli spettacoli senza provare la sensazione di entrare in una specie di tempio consacrato a una divinità esigente…

– La capisco. A volte il contesto può essere respingente. E tuttavia…

Comparve un cameriere. Serví la portata, rimboccò i calici, si ritirò con un mezzo inchino. Era quasi mezzanotte, e non si muoveva un filo d'aria.

– Comunque, Manrico, sono stanca dei luoghi comuni che girano sul mio lavoro.

– Luoghi comuni?

– Ma sí! Siete tutti cosí gonfi di pregiudizi verso di noi, i nostri compiti…

– Be', ne abbiamo già parlato, mi pare. Non è che il vostro passato sia cosí limpido…

– Tutti voi, – riprese lei, interrompendolo, – giudici, giornalisti, persino gli scrittori… È una specialità italiana, direi. Se fossimo inglesi, lei sarebbe un ammiratore dei servizi di intelligence, e se venisse avvicinato, lo considererebbe un onore, un modo per servire la patria, un… un privilegio…

– Stefania...

– Certo, noi non siamo tutti dei santi, e specialmente in passato sono stati commessi degli errori, ma oggi... Ha idea di quanti attentati terroristici abbiamo sventato, prevenuto, impedito... senza che nessuno ne abbia mai saputo niente? Ne ha una sia pur vaga idea? O è di quelli che pensano che finora i tagliagole ci hanno risparmiati perché glielo ha impedito la mafia? Andiamo, su!

Manrico era sconcertato. Da interrogante, era passato a interrogato. Ma, diavolo, non era certo lui a doversi sentire in colpa! Non era lui che aveva brigato, coperto, manipolato, cospirato lunghi anni contro la democrazia del proprio Paese...

– I signori gradiscono altro?

– Una *coupe colonel*, – scandí Stefania Baldini, decisa.

Il cameriere inalberò un'espressione perplessa.

– Sorbetto al limone con vodka, – tradusse Manrico.

– Preferenze, signora?

– Żubrówka.

Il cameriere sorrise. Anche Stefania Baldini sorrise. Il cameriere andò a sbrigare l'ordinazione.

– Scusami. Mi sono lasciata trasportare dal temperamento.

– Stefania, – Manrico si sporse verso di lei, accettando di passare al tu, – che cosa vuoi esattamente da me?

Fu in quel momento che lei lo attirò a sé e lo baciò. Un lungo, aggressivo bacio in bocca.

– Scusami tu, – si schermí lui, ritirandosi con la delicatezza di chi vuole indorare la pillola del rifiuto, – ma non riesco a credere a questo tipo di colpi di fulmine.

– E chi se ne frega.

E lo baciò di nuovo, sotto lo sguardo attonito del cameriere che rimase congelato con la sua coppa di sorbetto a mezz'aria.

Piú tardi, Stefania scivolò via nuda dalle lenzuola umide e andò a fumarsi un cigarillo in terrazza. Manrico la raggiunse. Un lucore rossastro andava formandosi in cima al fitto intrico dei tetti del centro di Roma. Appena un accenno di brezza congelava il sudore sui corpi. Il cielo notturno risuonava dei richiami insistenti dei gabbiani. Si era instaurato un tacito patto, niente accenni al lavoro. Ma Stefania aveva una curiosità, e non si trattenne.

– Quando hai scelto, Manrico?

– Quando ho scelto cosa?

– La tua vita. Quando hai deciso di fare il magistrato...

– E chi ti dice che abbia scelto e che non sia stato scelto, invece? Tu, per esempio, hai scelto di diventare un... un'agente dei Servizi?

– Una spia, vuoi dire? Io so esattamente il momento in cui ho deciso e perché.

– Raccontamelo.

– Prima tu.

– Be', da bambino avevo una vasta gamma di opzioni: pilota di formula uno, astronauta, direttore d'orchestra...

– Non è una risposta. Sono sempre scelte, Manrico. Anche quando ci sembra che la nostra sorte dipenda da altri, in realtà siamo sempre noi a determinare le svolte cruciali, quelle che ci cambiano per sempre, e che cambiano il nostro modo di stare al mondo.

Il contino sospirò.

– Per la verità, a me sembra di non aver mai scelto un bel niente. E non so se sia dipeso dall'ansia che mi prendeva quando dovevo schierarmi, o forse dal timore che scegliendo una strada mi sarei perso per sempre le infinite chance che mi avrebbero potuto dare tutte le strade che avevo scartato...

– Vale anche in amore?

– Di quale amore parliamo quando parliamo d'amore, Stefania? Dell'uccello ribelle e ribaldo di Carmen, o di quell'amor che è palpito dell'universo intero, misterioso e altero, croce e delizia... delizia al cor?

– La lirica come difesa dalla sincerità! Notevole.

La risata profonda, calda, di lei. Gli si strinse forte. Per qualche oscuro motivo, Manrico capí che era accaduto qualcosa. Una forte corrente sotterranea aveva cominciato a scorrere fra loro. Si stava forse avvicinando il momento delle grandi rivelazioni?

– Questa città è incredibile, conte. Capita di aver freddo a ferragosto e dintorni.

– Rientriamo.

– Non mi piace dormire con qualcuno accanto, Manrico.

– Allora abbiamo qualcosa in comune.

Lei gli sparò un'occhiata ironica.

– Perché temi che al mattino lei sia andata via... o perché hai paura che sia ancora là?

– Non mi piacciono i gabbiani, – glissò lui.

– La tua tendenza a eludere le domande ti renderebbe un discreto candidato all'Agenzia. Ma anche io detesto i gabbiani.

– Allora le complicità diventano due.

– Vado. Ci sentiamo nei prossimi giorni.

Manrico non la seguí. Le dette tutto il tempo necessario a eclissarsi. Rientrò solo quando vide ripartire la Cabrio. Nell'aria era rimasta una vaga traccia del suo profumo. Era stato usato? Lei stava cercando di manipolarlo? Sarebbe accaduto ancora, in futuro? Stava scherzando col fuoco?

Ma come aveva detto Stefania Baldini: e chi se ne frega!

Si addormentò immediatamente. Quando squillò il cellulare aveva la sensazione di aver dormito non piú di mezz'ora. Erano le otto del mattino. La voce di Cianchetti era cupa.

– Hanno trovato chef Marini. Sto arrivando.

11.

– Chi l'ha trovato, Cianchetti?

– Un cercatore di funghi.

– Non ci posso credere.

– Curiosa la vita, eh? 'Sto tipo se ne va in giro col cane appena prima che sorga il sole. Dice che non riesce a prendere sonno... un po' come lei, eh, dotto'...

– Afa e zanzare, Cianchetti.

– Be', certo...

– Avverto un sottile sottofondo sarcastico... mi sbaglio?

Cianchetti oppose un'elegante *fin de non-recevoir*. Guidava da un'ora, e la meta, il parco dei Monti Simbruini, era prossima. Sino a questo scambio di battute, un invalicabile, perfetto silenzio da parte di Manrico, che faticava a reggersi in piedi. Un silenzio che lei aveva rispettato, perché non voleva certo dargli il pilotto. Però... Anche se l'aveva appena intravista al termine della perquisizione del ristorante *Controcorrente*, Deborah Cianchetti si era fatta un'idea chiara di Stefania Baldini. 'Na giaguarona, di quelle da maneggiare con estrema cautela, tipo la compagna di banco che si finge tua grande amica e ti frega il fidanzato. Una di quelle «ce l'ho solo io» che si divertono a far zompare l'omini come le castagne in padella. E poi... oh, stamo a parla' de 'na spia! Attentissima a schivare i trappoloni dei social, come aveva accertato Gavina Orrú. Quindi: allarme rosso, allarme rosso. E il contino? Pure del contino l'ispettora s'era fatta un'idea chiara. Gentiluomo, ma iradiddio colle femmine. Co' tutto lo stile e la nobiltà, anche lui non faceva eccezione alla regola secondo la quale a dettare legge al maschio è solo e unicamente l'appendice. Perché a vederlo cosí, co' quelle occhiaie profonde e la testa ciondoloni, tutto sbadigli e palpebre tenute spalancate a forza, si capiva che la notte era stata di quelle agitate.

Afa e zanzare, ma vattene, va'!

Erano fatti suoi, certo. Ma fino a che punto? Chiaro che la giaguarona s'era fatta sotto col contino per battergli i pezzi. Ma che andava cercando? Qua ballava un'inchiesta scottante.

Un morto.

Anzi. Due.

Deborah riprese il racconto al termine dell'ennesimo sbadiglio di Manrico.

– Comunque, questo cercatore di funghi ripassa da 'sta... 'na piazzola a lato del sentiero principale del parco. Nota il Suv Toyota e si ricorda di averlo visto tre giorni fa. Nella stessa posizione. Allora si insospettisce e si avvicina, cauto. Il cane comincia a dare di matto. Abbaia, ringhia, sbava, gira in tondo, richiama in ogni modo l'attenzione del padrone. Il quale decide di scioglierlo per capire se abbia fiutato qualcosa di strano. E in effetti. Il cane si lancia come un pazzo nella macchia, il tipo lo segue, ma il cane avanza, indifferente ai richiami, finché non arriva a un torrentello...

– E lui era là?

– Stecchito.

– E come fa a dire che si tratta di chef Marini?

– I cugini con la striscia rossa hanno controllato la targa del Suv. Che possibilità ci sono che sia un altro?

– Lo penso anch'io. Questa era la zona dove si riforniva di funghi, del resto.

– Ecco, siamo arrivati.

C'erano il tipo col cane, la pattuglia CC che si era precipitata dal vicino comune di Jenne, e un sole gagliardo che bucava i rami della vegetazione. C'era, insomma, la piena estate rigogliosa del solleone.

E c'erano i suoi effetti.

E si vedevano tutti.

E si sentivano tutti.

Il corpo era gonfio. La testa sprofondata nei pochi centimetri dell'acqua superstite di un ruscelletto pressoché essiccato. Una mano si protendeva a un palmo, non piú, da un telefono cellulare, immerso anch'esso in una piccola pozza. Qualche animale selvatico non aveva mancato di lasciare le proprie tracce. L'odore era tremendo. Come ogni volta che si trovava davanti alla sconveniente oggettività della morte, Manrico si stupí della propria freddezza. Provava pietà ed empatia, e un sordo rancore, perché ogni vita perduta era uno spreco. Uno spreco intollerabile, e lo pensava sin da quando la mano amorevole di Camillo si era posata sulla sua testa di bambino per dirgli che non avrebbe mai piú rivisto suo padre. Una perdita, un inganno, una beffa. Nel profondo del suo cuore, avvertiva sempre la beffarda, inoppugnabile saggezza del Falstaff verdiano: tutto, tutto al mondo è burla…

E nonostante ciò, o forse proprio per questo, era in quei momenti che l'aspetto razionale prevaleva, le doti di osservazione si acuivano, le basi della verità prendevano corpo.

– Direi che è venuto qui nei Simbruini per cercare di capire come diavolo siano potuti finire nei piatti quei funghi allucinogeni.

– E quello avvelenato, – suggerí Cianchetti, premendosi un fazzoletto sul naso.

– Avrebbe dovuto sapere che oltre all'allucinogeno c'era anche l'*Amanita*... ma non possiamo essere certi che ne abbia ingerita. Non finché non ci sarà l'autopsia.

– Sí, ma... guardi il cadavere. Questo disgraziato si sente male, ferma il Suv. Si getta nel ruscello. Perde il telefonino. Cerca di afferrarlo, per chiamare soccorso. Ma non ci riesce. E... e finisce cosí...

– E quindi?

– E magari hanno avvelenato pure lui!

Aveva una sua logica, concesse Manrico. L'ispettora chiese al capopattuglia di mettere per iscritto una relazione. Poi andò a prendere a verbale il cercatore di funghi che aveva scoperto il corpo.

Manrico cominciò a chiedersi a quale opera lirica poteva essere ricondotta la sequenza degli omicidi. Faceva parte del suo metodo investigativo. Non c'è situazione umana, incluso il delitto, che non sia stata raccontata nella lirica. Quindi, per risolvere il caso, si tratta di individuare l'opera di riferimento. Facile a dirsi! E persino un po' irriverente. Decisamente empirico. Sostanzialmente eccentrico. Ma perché farsi tante domande, quando qualcosa funziona?

Che cosa dunque legava queste due morti?

Semplice: il veleno. Doveva pertanto pescare tra le non poche opere nelle quali la fine dell'eroe – ma piú spesso dell'eroina – era causata dal veleno. Si stava chiedendo da dove iniziare quando irruppero sulla scena un'ambulanza con il logo dell'Istituto di Medicina legale e il professor Gatteschi.

Abbronzato ed energico come sempre, il luminare si parò davanti a Manrico e gli strinse vigorosamente la mano. Il contino e Deborah, che nel frattempo si era unita alla compagnia, non nascosero la sorpresa.

– Mi aspettavo la sua vice, – osservò Manrico.

– Ha ragione. Ma quando stamattina ci siamo sentiti, e mi ha anticipato le condizioni del cadavere, be'... non ho potuto fare a meno. Ho detto a Stella di prendersi una settimana, anche due. Tanto a lei le occasioni non mancano, – e qui partí un'ammiccatina all'indirizzo di Manrico. – Ho piantato baracca e burattini ed eccomi qua!

E, senza aggiungere altro, si avviò con piglio deciso verso i resti.

– Eh, – sussurrò Cianchetti, – un bel gesto. Le ha voluto risparmiare 'sto schifo.

– Aspetti a parlare, – ammoní Manrico.

– Oooh, ecco! Proprio come pensavo!

Gatteschi si era chinato sul corpo, e aveva frugato qua e là con un sottile specillo. Ora, rialzandosi, inalberava un'espressione trionfante.

– La produzione di larve è già iniziata! – riprese, e stringeva i pugni per la soddisfazione. – Non c'è niente di meglio che un bel cadavere in stato di semiputrefazione, ricco di deliziose larve, e sotto il sole d'agosto!

– Ma che schifo! – esplose Deborah.

Il professore si accigliò.

– Non si azzardi! Ciò che lei chiama «schifo», io lo chiamo «sfida». Lei non ha idea della quantità di informazioni che si possono ricavare da un cadavere. Quando i processi degenerativi avanzano, le informazioni si arricchiscono, da un lato. Dall'altro, si corre il rischio di perdere la freschezza dei primi dati. Le larve, queste adorabili bambine, possono essere preziose. Sapere a che stadio evolutivo si trovano ci aiuta a determinare il momento del decesso, ed è solo una delle loro qualità. La piú importante è che esse rappresentano la vita che trae alimento dalla morte, l'eternità del ciclo vitale... oltre, ripeto, alla risposta a tanti interrogativi. Sapete cos'è davvero un cadavere? L'enciclopedia piú esaustiva della vita che abbiamo vissuto. E l'unico indicatore possibile delle circostanze del nostro ineluttabile trapasso. Il cadavere è lí, brulicante di vita. Io lo interrogo. Lui risponde!

Ciò detto, si voltò, con una sorta di mezzo inchino teatrale, e tornò a occuparsi della salma. Cianchetti si portò l'indice alla tempia. Come a dire: questo nun ce sta de capoccia.

– Ciò che lei chiama «pazzia», io lo chiamo «saggezza», – tuonò Gatteschi.

Come se disponesse di occhi dietro la nuca. Deborah allargò le braccia, rassegnata.

– Mi faccia sapere quanto prima, la prego, – invocò Manrico.

Ma il professore, perso nella sua beatitudine, non si degnò di rispondere.

Pm e poliziotta ripresero la via della capitale. Deborah Cianchetti era davvero perplessa.

– Ma che razza di storia è questa, dottore?

– Una storia complicata.

– Io fino a mo' c'ho solo domande.

– Perché io ho altro, Deborah? Anzi, no, un'idea ce l'ho.

– E sarebbe?

– Adesso noi torniamo in ufficio e da omicidio colposo passiamo a omicidio volontario.

– C'è qualche sospettato?

– Manteniamo il fascicolo contro ignoti.

– E a che serve... ah, aspetti, ho capito: cosí possiamo fa' parti' le intercettazioni, telefoniche, ambientali, perquisizioni...

– Prepariamo le richieste per il Gip. Li voglio intercettare tutti, Donati, il cameriere, come si chiama, Zulian, la sommelier, il capopartita, tutti… Disponiamo controlli incrociati, sequestriamo i Pc, magari qualcuno ha fatto ricerche sospette, e poi scateniamo Orrú sulla rete, verifichiamo social, programmi, apparizioni, e per favore, staniamo quei due famosi, quelli dei *Re Mangi*.

– Ah. M'ero scordata. Dice che stanno all'estero, però tornano presto.

– Chi lo dice?

– La produzione.

– Insista. Ma soprattutto speriamo di beccare il Gip giusto e di avere le autorizzazioni rapidamente. Quei telefoni vorrei averli sotto controllo al piú presto. Disponiamo anche il sequestro dei Pc personali, sempre alla ricerca di tracce pertinenti al reato. Ah, controlliamo anche quel… l'amico del colonnello, il professore universitario… Pc sequestrato e intercettazioni. E, per tutti, acquisizione di tabulati e localizzazione delle celle.

– Dottore, mi scusi la domanda, ma intercettiamo pure la dottoressa Baldini, quella dei Servizi?

– Cianchetti, lei sta diventando davvero impertinente.

Cosí il contino si rinchiuse in un silenzio sanzionatorio. Vabbe', forse ho un po' calcato la mano, ammise Cianchetti. Magari era il caso di scusarsi. E magari no. Se mo' il contino me diventa pure permaloso… ma scendi dal pero, no? Alla fine, il mutismo del Pm le risultò insopportabile.

– A dotto', ma era 'na battuta, e che cavolo!

– Le è piaciuta la *Carmen*, Cianchetti?

Questa non se l'aspettava. Ma era un'offerta di pace, ovvio. Non avrebbe avuto senso rifiutarla.

– Mh, diciamo che… Insomma, un par de canzoni, tipo quella dell'uccello ribelle, o quella del torero, quella specie di marcetta, *tra-tra-lallà*, torna vincitor… insomma, è roba che avevo già sentito, tipo alla pubblicità…

– Può essere. Vada avanti.

– Dunque… vediamo… a Carmen il broccolone di don José je piace e nun je piace… cioè, je piace che è un tipo casa e famiglia, però je piacerebbe pure che fosse un po' piú omo. Ecco. Però poi lui la vita se la rovina per lei, e lei s'intenerisce, dice, però, te sei fatto manna' a collegio per me, allora ci tieni, e si mettono insieme. E lui non solo mena a un superiore, ma diventa disertore, e va a vivere con lei, in mezzo ai contrabbandieri, che poi ne 'sta scenografia de 'sta *Carmen* i contrabbandieri sarebbero quelli che portano da 'na parte all'altra i migranti… 'na specie de scafisti…

– Be', gli scafisti sono pessimi, questi contrabbandieri invece ce li raccontano come gente simpatica, ribelli contro un potere stupido, quasi rivoluzionari.

– Mo' che me ce fa pensa'… Comunque, a un certo punto arriva 'sto torero, un burino che nun te dico, e Carmen lo trova affascinante, e a don José je rode, anche perché torna dalla mamma che sta male, e poi dopo un po' te lo ritrovi all'accampamento, e qua Carmen ormai s'è fidanzata col macho… piú o meno… e allora lui je fa: vieni con me, e lei no, e lui, guarda che se non vieni t'ammazzo… e *pam!* E je devo di' la verità?

– Siamo qui per questo.

– Alla fine, 'sto don Josè è pessimo. Peggio de quell'altro, quello dell'altra opera che ho visto, la *Traviata*. Perché 'sta Carmen in finale è 'na zingara e vuole vivere libera, senza fa' la serva a nessun omo. E quindi se ammazzi Carmen ammazzi pure la libertà sua e de tutte le donne!

– In poche parole, un tipico femminicida.

Manrico sapeva quanto Deborah Cianchetti detestasse quell'espressione che, ai suoi occhi, odorava in maniera pericolosa di radical chic. E infatti lei storse la bocca.

Dopo un abbondante minuto di silenzio, però, rientrò in argomento.

– Ma nell'opera sempre male deve fini' l'eroina?

– Non sempre, ma spesso, – concesse Manrico, – e comunque c'è stato anche un regista che ha cambiato il finale. Carmen strappa la pistola a don José e lo ammazza.

– E fa bene!

– Sicura? Cosí si altera proprio il senso della storia…

– Non l'ha detto lei che l'opera deve sta' al passo coi tempi, eccetera eccetera?

Touché. Manrico non commentò. La questione era quanto meno controversa.

In ufficio prepararono le carte a tempo di record. Fu necessario un lavoro di fino. La Cassazione aveva fissato parametri alquanto rigidi, in materia di sequestro di telefonini e computer presso terzi non indagati. Certe regole a volte sembravano pensate al solo scopo di ostacolare la ricerca della verità: e intanto, il mercato illegale delle informazioni prosperava. Ma tant'è. Nonostante l'impegno profuso, il Gip di turno fece sapere che aveva bisogno di un po' di tempo per valutare la situazione. Il che significava quanto meno nessuna risposta sino a lunedí. Manrico inviò una laconica mail a Gaspare Melchiorre, che aveva chiesto di essere informato di tutto.

12.

Poco prima del tramonto di quel sabato agitato, Manrico si ritrovò a mollo in una vasta piscina nel giardino di un villone sulla via Cassia. Sorseggiava da una coppa di champagne e scambiava quattro chiacchiere con Ottorino Valente di Villebrune, pingue settantenne, ultimo discendente del conte Vitale di Villebrune, teorico della guerra rivoluzionaria per bande. Dell'avo, morto suicida a nemmeno cinquant'anni, vittima di un'acuta depressione da naufragio degli ideali, aveva ereditato la squisita mitezza del tratto e il furore sanguinario del pensiero. Vitale di Villebrune teorizzava una guerriglia aggressiva, spietata, persino crudele, tipo avvelenare i pozzi e passare per le armi i sospetti di tradimento onde evitare che si trasformassero in veri traditori. E predicava il regicidio. Tutto, beninteso, in vista di un mondo migliore, nel quale la violenza sarebbe stata abolita per sempre. Ma lo faceva, gli va riconosciuto, con estremo garbo. Il medesimo garbo con il quale Ottorino aveva accolto Manrico, fornendolo di bermuda della giusta misura e invitandolo a unirsi a lui per combattere insieme l'afa di Roma eterna e immortale. Ad accompagnarlo in una cameretta adibita a spogliatoio era stata una lussureggiante cubana sui venticinque anni, Inés.

– La mia badante, – aveva proclamato Ottorino, ma era palese che i rapporti fra loro fossero di ben altro genere.

Ottorino, che si era sempre vantato di essere l'uomo piú a sinistra della diplomazia italiana, si era battuto per le sue idee quanto meno eccentriche. Anche adesso che si era ritirato, non mancava di esprimere, con la consueta nettezza, la sua peculiare visione del mondo.

– Bisogna ridurre al minimo indispensabile la dipendenza dagli Usa. Il cowboy che dorme dentro ognuno di questi bambinoni a stelle e strisce prima o poi si sveglierà e comincerà a sparare all'impazzata contro tutto ciò che si muove. È il Dna, che ci vuoi fare. E diffidare degli inglesi, eh! Isolani terrorizzati dallo straniero che si difendono aggrappandosi al loro tè… che poi, loro… pure quello l'hanno rubato agli indiani… mah!

– Non preferirai russi e cinesi?

– Boni quelli! Imperialisti e paranoici! Sai cosa li accomuna, tutti? La smania di potere. Il potere è sempre deleterio, dammi retta.

– Sembri un anarchico.

– Io? Io sono un uomo d'ordine. È il potere a essere anarchico. Vedrai. Comunque, i peggiori di tutti sai chi sono?

– I ricchi.

– L'avevo già detto? Mi ripeto. Invecchio. Be', allora visto che sono vecchio e mi ripeto, lascia che mi ripeta anche con te: i ricchi conoscono un solo linguaggio. Quello del terrore. Perciò la caduta dell'Impero sovietico è stata una catastrofe. Perché finché da quella parte c'erano gli orchi rossi, quelli di casa nostra ci pensavano mille volte prima di esagerare con la loro connaturata crudeltà. Ora sono senza freni.

Con un simile bagaglio ideologico sulle spalle, c'era da pensare che Ottorino avrebbe avuto vita breve, nei ranghi della diplomazia. E invece, la lealtà all'istituzione, l'abilità manovriera, la conoscenza delle lingue e una straripante simpatia umana lo avevano messo al riparo dagli strali piú avvelenati, garantendogli una luminosa carriera. E ora si godeva la meritata pensione.

– Anche quest'anno, mio caro, non mi muovo da Roma. Ho viaggiato troppo nella mia vita. Un po' di riposo non può che giovarmi.

Ottorino era stato ambasciatore in Iran, Thailandia, Libia e Turchia, e aveva prestato servizio, a vario titolo, nelle rappresentanze diplomatiche di mezzo mondo. Alla fine della carriera, aveva ricoperto ruoli decisivi alla Farnesina, la sede centrale del nostro ministero degli Esteri. Conosceva benissimo Stefania Baldini.

– E cosí s'è lasciata fagocitare dai Servizi! Mah! C'era da aspettarselo, da una come lei.

– Perché, com'è?

– Ambiziosa. Spregiudicata. Soprannome: Icy Stefy, Stefania la glaciale. Glielo affibbiò il capostazione della Cia la volta che lei lo mandò in bianco. E fece bene, eh, non so se ti è mai capitato di assistere allo spettacolo di un grasso Wasp con parrucchino e voce chioccia che pontifica sui destini del mondo e intanto schiaffa una mano nella scollatura di una funzionaria del ministero…

– Tu c'eri quando è passata ai Servizi?

– Non me lo ricordo. Dev'essere stata una cosa graduale. E se, senza infrangere il segreto professionale, aggiungessi qualche particolare in piú?

Manrico squadernò l'intera storia. Il nobile ex diplomatico si versò una nuova, generosa dose di gin tonic, ne offrí all'ospite, incassando un nuovo rifiuto, e sospirò, mentre un provvidenziale refolo di vento agitava l'aria stagnante del pomeriggio.

– Non per fare il professore, Manrico, ma una certa esperienza sul campo l'ho maturata…

– Figurati, sono qui apposta.

– Bene, allora una cosa è chiara. Il russo è una spia. Il colonnello… si deve capire se c'era un accordo, se stavano cercando un accordo, se era una sua iniziativa individuale, se era spiato dai Servizi o se spiava per conto dei Servizi… capire se era un traditore o un adescatore, cioè se il russo se l'era comperato o se lui si stava lavorando il russo…

– A giudicare da come l'ha messa la Baldini…

– Non giudicare su questo parametro, – interruppe Vilbrune, – potrebbe averti detto un cumulo di bugie al solo scopo di indirizzarti verso una certa direzione… oppure, potrebbe aver mescolato verità e menzogna in modo da confonderti… oppure ti ha detto le cose come stanno, quella era una pista fredda e lo spionaggio con i tuoi funghi avvelenati non c'entra un tubo.

– Grazie, mi sei di molto aiuto.

Ottorino allargò le braccia.

– Che posso farci, amico mio? Le cose stanno cosí… a proposito: tua madre?

Ed ecco un altro gentiluomo che avrebbe fatto follie per la giovane Elena, e forse anche adesso le farebbe. Sua madre, quando le andava di scherzare, raccontava dei tanti mosconi che le avevano ronzato intorno, e lei sempre fedele al suo piccolo, timido, gentile Guglielmo. Mosconi, e qualche volta, quando era proprio di buon umore, beccaccioni. Perché, certo, allo sposo era stata fedele, ma flirtare un po', su una terrazza a Saint-Tropez o in un palco alla Scala… che male c'è?

– Sta bene, e ti saluta.

– Non ci credo, ma voglio bermela.

Dalla portafinestra che dava sulla piscina si affacciò la bella cubana.

– Otorigno, arriba il dottore!

– Che noia!

Ottorino si tirò fuori dalla piscina sbuffando come una foca.

– Fisioterapia. *Senectus ipsa est morbus*, amico mio, la malattia è la vecchiaia in sé… Tu fa' con calma, e torna a trovarmi quando vuoi… Ah, e… un'ultima cosa…

– Dimmi.

– La Baldini, Stefania… ti sei lasciato coinvolgere?

Avrebbe dovuto negare, smentire. Invece il suo repentino rossore strappò una grassa risata all'anziano diplomatico.

– Si vede tanto, Ottorino?

– Stefania può fare di questi effetti. Ma… – e qui si prese una pausa sapiente, e il tono si fece serio, – alla fine è una che sta dalla parte giusta.

– Nel senso?

– Nel senso… In queste zone d'ombra che ho, ahimè, dovuto cosí a lungo frequentare… e mi riferisco ai Servizi non meno che alla diplomazia… ci sono tre tipi di persone. Quelle che servono l'istituzione, quelle che si fanno i fatti loro e quelle che stanno a metà, un occhio allo Stato e uno alla tasca…

– Suppongo siano la maggioranza.

– No. La maggioranza sono i pessimi. Scusa la franchezza.

– E la Baldini?

– Per come la ricordo io, può darti l'impressione di stare a metà del guado, ma…

– Ma?

– È una che col compromesso ci gioca. Mi verrebbe persino da dirti: fidati di lei, ragazzo.

La domenica mattina donna Elena si concesse un lussureggiante massaggio all'acqua di sesamo.

– Questa nostra Fatma ha le mani d'oro, credimi! È stato un acquisto meraviglioso!

– Guarda che Camillo potrebbe ingelosirsi, mamma.

Lei lo ignorò.

– Piú tardi scenderemo in spiaggia, vero Fatma?

– Certo, signora Elena.

Perfida, come sempre. Lo squillo al maggiordomo finí per farlo lui. Camillo era impegnato nelle prove generali del matrimonio. Manrico gli disse che poteva prendersela comoda, la situazione era sotto controllo.

– Mi avrebbe fatto piacere sentirmelo dire da lei –. Camillo era dispiaciuto.

– Sai com'è fatta.

Manrico si concesse una granita di caffè in paese. Detestava le folle domenicali. Il caotico litorale agostano lo indisponeva. Preferiva restarsene in casa, o affacciarsi in quella deliziosa Sabaudia che gli aveva rubato il cuore. Al punto da fargli apprezzare il lago privato, le squadrate geometrie funzionaliste cosí simili al quartiere romano dell'esposizione, il bacino per le regate olimpiche del '60, una certa ruvidezza dei locali nell'approccio con i «romani» – e tali si restava anche dopo decenni di frequentazione del Circeo – e persino le vestigia della bonifica fascista dell'agro pontino immortalate dal fondamentale romanzo *Canale Mussolini* di Antonio Pennacchi. Solo al tramonto di un'oziosa giornata trascorsa, con scarsi esiti, in compagnia del binomio opera-veleno, scese in spiaggia. Aveva passato in rassegna precedenti famosi. Lucrezia Borgia, l'avvelenatrice per antonomasia celebrata da Gaetano Donizetti. Adriana Lecouvreur, attrice un tempo di leggendaria bellezza avvelenata per tramite di un mazzolin di fiori da una gelosa rivale. Leonora che nel *Trovatore* preferisce darsi la morte piuttosto che giacere col conte di Luna, e cosí ignara condanna a morte l'amato (e omonimo) Manrico...

Niente gli sembrava convincente. Tutto troppo all'insegna dell'amore tradito, mancato, oltraggiato. Eccessi di passione. Con l'ossessione per lo stereotipo del veleno come arma tipicamente femminile. Era uno schema che poteva essere applicato alla duplice morte di un militare e di un cuoco? Non c'erano forse troppe altre varianti: le spie, per dire, le spie, che ruolo giocavano in tutto questo? E poi, questo ruolo, lo giocavano davvero? La verità è che non «sentiva». Non ancora. Però aveva evocato le spie. E mentre il sole stava esalando l'ultimo respiro, e coppie di giovani innamorati fissavano l'orizzonte nel vano tentativo di catturare quell'inesistente raggio verde che solo la fantasia degli artisti può immaginare, Stefania Baldini gli girò su WhatsApp un link. Accompagnato da un punto interrogativo. Incuriosito, Manrico cliccò. E si ritrovò sul sito di una testata locale, «Il Sublacense», o qualcosa di simile. Un video mostrava il Suv di chef Marini mentre veniva portato via da un carro attrezzi, quindi una panoramica del luogo dove era stato ritrovato il corpo, scorci di paesaggio, volti perplessi o ammaliati di gente del posto. Il sottopancia scorrevole recitava:

> Ritrovato in avanzato stato di decomposizione nel nostro territorio il cadavere di Cesare Marini. Il noto chef era scomparso dopo che alcuni clienti del suo ristorante *Controcorrente* erano finiti all'ospedale per un'intossicazione da funghi allucinogeni. Successivamente, uno di questi clienti, il colonnello Vladimiro Micheli, era deceduto. Gli inquirenti non hanno rilasciato dichiarazioni...

Rispose con un altro messaggio: «Il week-end non è ancora finito. Il lavoro a domani». Era una piccola rivincita. Poi spense il cellulare. Stefania gli piaceva, e probabilmente il gradimento era ricambiato. Ma non si faceva illusioni. Come canta Maffio Orsini nella *Lucrezia Borgia* di Donizetti: «*Scherzo e bevo, e derido gl'insani | Che si dan del futuro pensier. Non curiamo l'incerto domani, | Se quest'oggi n'è dato a goder*». E ha appena bevuto, meschino, il vino avvelenato dei Borgia. Oh, sí. Stefania era la freccia e lui il bersaglio. Ma un bersaglio mobile non lo centri cosí facilmente.

13.

Ai negazionisti del surriscaldamento globale, Manrico avrebbe consigliato un giretto nella Procura di Roma un lunedí mattina di agosto. L'ineffabile cancelliera Zevatti aveva disposto un controllo straordinario dei filtri dell'aria condizionata che, guarda caso, avrebbe comportato per circa tre ore lo spegnimento dell'impianto nell'ufficio di Manrico. La dirigente si era con ogni evidenza incaponita, dichiarando guerra al contino, responsabile, ai suoi occhi, di una sorta di lesa maestà. Cianchetti proponeva azioni di rappresaglia. Manrico rievocò un episodio del liceo, il furto di una stufetta perpetrato ai danni della sua classe di ginnasiali da un commando di maturandi guidati dal capetto dei «neri» della scuola. Erano andati a riprendersela durante la ricreazione, e poi l'avevano difesa respingendo eroicamente il contrattacco dei liceali.

– Lo vede che se po' fa'? Occupiamo le stanze di quella str… della signora dirigente.

– Non siamo piú al liceo, Cianchetti.

– Sí, ma qua se stamo a squaja'…

– Allora liberi tutti, ci rivediamo a mezzogiorno, tanto il Gip ancora non ci ha risposto sulle intercettazioni.

– A dire il vero, ci sarebbe un'altra soluzione… – s'inserí Brunella.

La Sezione Feriale della Corte di Appello aveva allestito una cancelleria provvisoria all'interno di un'ampia aula d'udienza. Il posto era notoriamente ombrato – dalle finestre non penetrava il sole a picco il cui effetto assassino era enfatizzato dai vetri blindati e inamovibili – e non si faceva economia di aria condizionata. La dirigente di cancelleria era in ottimi rapporti con Brunella. Un paio di telefonate e ottennero il permesso di trasferirsi «per tutto il tempo necessario».

Armate di Pc portatili, Cianchetti e Orrú scortarono Manrico in una palazzina adiacente. Brunella, stoica volontaria, rimase di guardia in ufficio. La camera di consiglio, dove di solito si riunivano i giudici per deliberare, era stata adibita a centro di comando per tutti gli affari che andavano sbrigati fra il 1° agosto e il 1° settembre. L'aula di udienza era riservata ai giudici che si alternavano nel periodo. Che poi, s'era sempre chiesta Cianchetti, se è il turno de quelli che lavorano durante le feste, com'è che se chiama feriale? C'era una piccola folla di commessi che facevano la spola fra i due locali. Tre magistrati sfornavano provvedimenti al ritmo di una catena di montaggio degna di un'unità di lavoro di stampo dickensiano. Manrico andò a omaggiarli, ringraziandoli per l'ospitalità e pregandoli di avere pazienza e tollerare quella breve ma necessaria invasione. I colleghi sollevarono distratti la testa dai faldoni che li opprimevano, ricambiando con un mezzo saluto. Ecco una gita da proporre a chi blaterava sul potere dei giudici che sbagliano sempre e non pagano mai: escursione in Corte d'Appello con vista sul mare. Di carte.

A ogni modo, l'aria condizionata funzionava, e cosí, dividendosi il bancone che in udienza era riservato ai giudici, Manrico e il team poterono infine mettersi al lavoro.

Il professor Gatteschi lasciò un messaggio sulla segreteria telefonica del Pm. L'autopsia sul corpo di chef Marini attestava che la morte era dovuta alla tremenda *Amanita*

Falloide. Momento del decesso: circa 36-48 ore dopo l'ingestione del fungo velenoso. Vale a dire in perfetta coincidenza con il povero colonnello. Il messaggio del luminare non dava adito a dubbi:

«Hanno mangiato lo stesso fungo nello stesso momento e amen! E lasci che le dica una cosa: le larve sono state de-ci-si-ve nella determinazione della tempistica. Sí, sí, ah, sí, quelle care bambine mi dànno sempre un sacco di soddisfazioni! Ah, senta, Stella Dubois la saluta tanto, visto che ho ripreso il mio posto è entrata last minute in un gruppo diretto in Norvegia».

Manrico le augurò mentalmente buon viaggio. E si chiese che effetto faceva, osservata dall'esterno, la sua vita sentimentale. E quella di Stella. Probabile che dipendesse dal tipo di osservatore. A lui, e magari anche a lei, nessun effetto. A un seguace della triade Dio, patria e famiglia sarebbe venuta l'orticaria. Anche se proprio i piú pii fra i suoi antenati erano stati i piú malandrini.

E Stefania Baldini? Le spedí un WhatsApp: programmi per la serata? Lei rispose subito: sono in call tutto il giorno. Mi faccio viva io.

Verso l'ora di pranzo poterono rientrare nell'ufficio di Manrico. L'aria condizionata aveva ripreso a funzionare, ma a scartamento ridotto. La notizia del duplice avvelenamento aveva provocato grande sconcerto in Cianchetti.

– Da un lato so' contenta che c'ho azzeccato, dottore, era proprio avvelenamento pure per chef Marini... ma dall'altro... a meno che non si sia suicidato... non si capisce un gran che de 'sta storia.

No, non si capiva. E l'opera, il melodramma, continuava a tacere.

Cianchetti si rimise in caccia degli chef dei *Re Mangi*. Orrú compulsava i social alla ricerca di tracce utili. Ma a parte i messaggi di cordoglio del personale del ristorante *Controcorrente*, niente da segnalare. E quanto al colonnello, sembrava non essere mai esistito. Un fantasma nella rete.

– Continuiamo a cercare, – suggerí Manrico, – e speriamo che questo benedetto Gip si decida a firmare...

– Ma perché non ci va a parlare lei, dottore? – azzardò Cianchetti.

– Perché lo conosco e so che sarebbe controproducente. Nonostante le tante chiacchiere che si fanno, non basta che il Pm schiocchi le dita perché il giudice esegua... Anzi, di solito accade il contrario. Sapete cosa pensano, spesso, i colleghi? Ah, ecco, un'altra trovata della Procura... vediamo che si sono inventati 'stavolta... magari scoviamo l'erroretto, e rispediamo il tutto al mittente...

– Ma che, c'hanno paura?

Cianchetti era davvero incuriosita. A lei avevano sempre raccontato una storia diversa: cane non morde cane, giudici e Pm so' tutti aumma-aumma, basta che nun c'hanno guai e lavorano il minimo indispensabile, tanto pure se sbajano mica pagano mai... Mo', il contino non gliel'aveva data mai quest'impressione, a esse' sincere...

– Diciamo piuttosto che è un riflesso culturale. E a volte c'entrano pure risvolti personali, narcisismo, egocentrismo, frustrazioni di ogni tipo... la natura umana... ma sarebbe un discorso lungo... noi procediamo per la nostra strada, cerchiamo di fare del nostro meglio... come sempre.

E cosí, l'ennesima giornata se n'era andata. E non si poteva dire che l'indagine avesse fatto grossi passi in avanti. Da Sabaudia solo buone notizie, per fortuna. Manrico non aveva nessuna voglia di rientrare, anche se era consapevole di rinunciare a brezza marina e plenilunio da sogno. Aveva voglia di rivedere Stefania Baldini. Era incerto se mandarle un altro messaggio o chiamare direttamente. Non voleva apparire insistente. Ma quella donna l'aveva incuriosito. No, non era la parola esatta. Si sentiva sfidato. E le sfide non gli erano mai dispiaciute. Infine, fu lei a cercarlo. E lui la raggiunse nel suo minuscolo appartamento sull'Aventino, una zona di Roma che il contino aveva sempre amato. Stefania aveva apparecchiato per due in un piccolo balcone immerso nel verde. Il profumo del rincospermo era inebriante.

– Devi scusarmi, Manrico, ma non sono certo una femmina cuciniera. Ho ordinato qualcosa in un posto qua vicino.

Sulla tavola c'erano due taglieri di salumi e formaggi, pane e focaccia, e una bottiglia di Chardonnay faceva capolino dal secchiello del ghiaccio.

– Be', però a pollice verde sei ben fornita.

– Macché. Pago un giardiniere, anzi, una giardiniera. Di El Salvador. Le ho dato una mano con la richiesta di asilo.

– In cambio di informazioni riservate? – insinuò Manrico.

– Non sono in servizio permanente effettivo ventiquattr'ore su ventiquattro, – ribatté lei, sullo stesso tono, e poi aggiunse, velatamente sarcastica, – tu, invece, non riposi mai, a quanto pare...

– Mi sfugge il senso, Stefania.

– Ti saluta il nostro comune amico Ottorino.

– Mi ha parlato molto bene di te, – rispose lui, imperturbabile.

– Anche a me di te, – e sfiorò il bicchiere di lui.

– Pace?

– C'è mai pace fra un uomo e una donna, conte?

La conversazione proseguí leggiadra. Fioretto, per tenere a distanza il non detto dell'indagine. La tensione fra loro era palpabile. Voglia di toccarsi, di accantonare le parole.

Possibile che si trattasse soltanto di simulazione? Stefania parlava inglese, francese, tedesco, russo e un po' di armeno.

– Armeno? Non è molto frequente.

– Per parte di madre. Parenti sfuggiti a Medz Yeghern.

– Il Grande male, – annuí Manrico.

– Ne hai sentito parlare, allora.

– Quando avevo quattordici anni, trovai nella biblioteca di mio padre quel romanzo, *I quaranta giorni del Mussa Dagh*. Da allora ho sempre provato una simpatia intensa per gli armeni.

– Allora hai avuto la risposta alla tua curiosità sulla mia giardiniera di El Salvador.

C'è sangue di profughi in me, gli stava dicendo, quindi so cosa sono la sofferenza e la solidarietà. Manrico ricordò le parole dell'ambasciatore Ottorino: la Baldini è una giusta. Era a questo che intendeva riferirsi? All'empatia che all'inizio non le aveva riconosciuto e che cresceva, invece, a mano a mano che si conoscevano? Ma sino a che punto poteva fidarsi di una come lei?

Si baciarono. Erano passati alla fase delle mani che si frugano con reciproca avidità quando il contino ricevette un WhatsApp.

– Dopo, – lo esortò lei, cogliendo una sua lieve esitazione. Era sostanzialmente un ordine. Manrico vi si assoggettò volentieri.

Fu solo piú tardi, a letto, mentre lei sembrava assopita, che Manrico aprí il messaggio. Cianchetti gli aveva spedito un link. Si collegò. Era una «ultim'ora» di 'NDOSPIOSPIO.

> Altro che intruglio! Qua si tratta di intrigo.
>
> Si infittisce il mistero sul caso del *Controcorrente*.
>
> Anche chef Marini fulminato dall'*Amanita* killer. Ma il vero colpo di scena riguarda l'altra vittima, il colonnello Micheli. Quando è stato avvelenato, l'alto ufficiale, in possesso di nulla osta cosmic

Nato, era attovagliato con un sedicente giornalista russo, ora scomparso. Ma che: c'è un'epidemia di indigestioni?

Stefania si stiracchiò, e gli sorrise. Manrico le passò il cellulare. Lei lesse, e si abbandonò a un vago sorriso. Poi gli restituí l'apparecchio.

– Hai fatto bene a non aprirlo subito, – ridacchiò.

– Mi domando come faccia questo sito a essere cosí informato, Stefania, – rispose lui, serissimo, quasi tetro.

– Me lo domando anch'io, Manrico, – rispondendo a tono.

– C'è qualcosa che vuoi dirmi?

– E tu a me?

Restarono per un po' in silenzio.

– È meglio che vada, – disse, alla fine, Manrico.

Lei non lo trattenne.

14.

Poteva essere stata realmente Stefania Baldini a contattare il sito. O uno qualunque dei passacarte che avevano avuto per le mani la relazione di Manrico: la riservatezza è un concetto alquanto labile, nei corridoi delle sezioni investigative. Appena messo piede nel piazzale della città giudiziaria, Manrico e Cianchetti furono aggrediti da un piccolo e agguerrito drappello di cronisti, per lo piú maschi sudaticci e incarogniti dalla prospettiva della lunga attesa di dichiarazioni ufficiali che sarebbero state negate, e per giunta esasperati da un solleone micidiale.

– Dottor Spinori, che ci può dire del colonnello Micheli?

– Era coinvolto in un affare di spionaggio?

– E chef Marini? I due si conoscevano?

– Il colonnello spiava per conto dei Servizi?

– Era spiato?

– Che ci dice della microspia?

Sapevano anche questo, accidenti a loro. Anzi: a li morte', come era scappato a mezza voce, ma chiaramente nel raggio di azione di qualche microfono sensibile, a Cianchetti. E c'era da sperare che la battuta non rimbalzasse su tutte le emittenti o su qualche social, diventando magari virale. Orrú avrebbe appurato, in seguito, che la dritta sulla microspia non apparteneva a 'NDOSPIOSPIO ma a un sito rivale. Il che apriva il campo alla possibilità di molteplici «gole profonde». E visto che, a parte sé stesso e le sue collaboratrici, Manrico diffidava dell'universo mondo, la ricerca del o dei colpevoli era equiparabile alla proverbiale caccia all'ago nel pagliaio.

Si fece sentire il procuratore Melchiorre. Riferí che era in contatto con i vertici dei Servizi, si stava cercando di elaborare una strategia comunicativa comune, per il resto «mi affido alle tue note doti di discrezione, Manrico». Ma c'era poco da affidarsi. A questo punto si erano chiaramente delineati tre possibili scenari. Li riassunse, con la consueta icasticità, Cianchetti.

– O è 'na roba de spie, e allora ce l'avevano col colonnello. O è 'na roba diversa, e allora ce l'avevano co' 'sto chef Marini, che ancora dovemo capi' che pesce era... o è solo un caso... a ogni modo, stiamo veramente a caro amico...

Manrico ordinò la convocazione del professor Lapo Viti, l'ospite e amico che aveva soccorso Micheli quando aveva manifestato i primi sintomi dell'avvelenamento. Sino a quel momento, in effetti, del colonnello sapevano poco e niente. Si attivò Brunella. Viti era in montagna, a Ortisei. Assicurò che si sarebbe presentato il giorno dopo. A metà mattinata, l'ineffabile Zevatti fece recapitare un ordine di servizio con il quale si disponeva, a partire dall'indomani, l'invio di squadre di derattizzazione. Gli uffici sarebbero stati evacuati a turno per consentire l'esercizio dell'indispensabile attività. Ovviamente, si cominciava dal territorio di Manrico. Il contino pensò a come risolvere il problema.

– Brunella, lei che ha quest'amica in cancelleria alla centrale...

– No, eh, dotto', – Cianchetti era inviperita, – io là non ce torno!

– Ma io non voglio tornarci. Voglio che Brunella si informi. Questa Zevatti ha un punto debole? Non so, qualcosa che possiamo sfruttare per farcela amica…

– Amica? Io a quella vado e je meno!

– Basta, ispettora, sta esagerando. Non dica idiozie, per la miseria!

Orrú e Brunella lo fissarono interdette. Questa poi! Il contino sgarbato era uno spettacolo rarissimo, quasi inedito. Cianchetti si avventurò in un'insolita posa ducesca: mani sui fianchi e digrignar di denti.

– Adesso se la prende co' me perché nun ce sta a capi' 'na mazza de 'sto caso? E no, eh, troppo comodo! Se vada a fa' du' chiacchiere co' quella, piuttosto…

– Quella chi?

– Vabbe', se semo capiti.

– Quella chi!

Il contino che urlava. Addirittura. Il mondo impazzito. Brunella soffocò un gemito. Orrú non sapeva dove guardare. Deborah esibí una smorfia sarcastica.

– Come, quella chi! La spiona. Ce sta a fa' gira' come trottole tutti quanti, che, ancora nun s'è capito?

– Cianchetti, glielo ripeto: basta, – sibilò Manrico, gelido.

La poliziotta si morse la lingua per non replicare, chinò il capo e se ne andò. Furiosa.

Manrico pure era scosso. Zittí con un gesto imperioso Orrú e Brunella e si trincerò nella sua stanza. Aveva esagerato? Certo. Ma anche Cianchetti… Era l'estate. Era l'inerzia. Era lo stress. Ma per la miseria, Cianchetti aveva ragione. Il suo ruvido buon senso era saggezza. Quella Stefania…

E, quel che è peggio, non riusciva ad afferrare l'opera di riferimento.

Una certa Marta Greco telefonò piú volte cercando l'ispettora Deborah Cianchetti.

Ma Deborah Cianchetti era irreperibile.

Aveva anche lei ottimi motivi per sentirsi stressata. E il contino c'entrava sino a un certo punto. Certo, s'era comportato da coatto. Ma che, s'era flippato il cervello co' la gatta morta dei Servizi? Ma vattene, va'! Il vero problema, però, era che da due giorni l'ispettore superiore Diego Cosenza non si faceva sentire. Nella sua qualità di agente «undercover», non era prudente che ricevesse telefonate private. Doveva essere lui a chiamare. E sinora, almeno una volta al giorno, non aveva mancato di farlo. Per questo il suo prolungato silenzio preoccupava Deborah. E poi, l'inazione. L'attesa dei decreti di quel benedetto Gip. E il caldo atroce. E l'inchiesta che non decollava. E... e che noia! Aveva spento il cellulare e vagava per Roma in preda a un crescente nervosismo. Poi prese una decisione. Passò da casa, mise in una sacca costume, telo da bagno e un libro che si era ripromessa di leggere da un sacco di tempo, un «romance» che aveva fatto impazzire la sua amica Chanel, e se ne andò a Fregene a smaltire l'incazzatura.

Per una giornata potevano pure fare a meno di lei.

Dopo l'ora di pranzo, intanto, giunse finalmente una buona notizia: il Gip aveva autorizzato le intercettazioni, telefoniche e ambientali. Ma la richiesta di sequestrare i cellulari e i Pc del personale del *Controcorrente* era stata respinta perché «troppo generica». Era una mezza vittoria. Bisognava farsela bastare.

Ci vollero ore perché Manrico si decidesse a scrivere un sms a Deborah Cianchetti. Alla fine, era lui il capo. Toccava a lui la prima mossa. E, sí, si era comportato in modo orribile. Ma la frase «mi scusi» non riuscí a digitarla. Informò le sue collaboratrici: se la sentite, ditele che si presenti.

Orrú e Brunella staccarono verso le cinque del pomeriggio. Piú tardi avrebbero accompagnato Filippo, il compagno cinefilo di Gavina, a un cinema all'aperto. In programma un film giapponese di yakuza inedito. Beninteso, coi sottotitoli. Manrico declinò l'invito. Si profilava una serata mesta e solitaria. Il contino non aveva voglia di sobbarcarsi una guidata sino a Sabaudia. Era stato tentato di cercare Stefania Baldini, ma poi aveva deciso di lasciar perdere. Si ritirò a palazzo Van Winckel, in compagnia del gelato artigianale di via dei Gracchi e dei suoi pensieri. Opera e veleno. Zero idee, assenza totale di suggestioni. Opera e cibo, allora? Ma, per nessun chiaro motivo, gli venne in mente la scherzosa compilation di titoli beffardi che aveva redatto il maestro Donato Renzetti, un direttore d'orchestra tanto bravo quanto ironico: *Timballo in Maschera*, invece del *Ballo in Maschera*; *Il maialino meraviglioso*, invece del *Mandarino Meraviglioso*. Il *Vitel Tannhäuser*, da pronunciare «vitel tonnaiser»... come vitel tonnè, e come il capolavoro wagneriano... chissà che faccia farebbero a Bayreuth, se capissero il doppio senso...

Quanto a Cianchetti, tutto ciò che desiderava era spalmarsi a pelle di leone sul divano davanti a una cazzata televisiva. Col ventilatore sparato sulle spalle semiustionate e una cofana di gelato industriale. L'sms del contino le aveva fatto piacere. Non proprio scuse, ma insomma era stato lui a cercarla. Però non aveva voglia di rispondere. E mica se la poteva cava' cosí! Continuava il silenzio di

Diego. In compenso, Orrú le aveva inoltrato il contatto di questa Marta Greco che l'aveva cercata ripetutamente. E sentiamo che va cercando, mo', questa.

– Deborah Cianchetti! Che piacere sentirti!

– Scusi, ci conosciamo?

– Il caso del cantante Ciuffo d'Oro. Sono Marta. Ti ho dato una mano in quell'inchiesta…

E come no! Ahò, ma che se stava a rincojoni'? Eppure il caso del cantante Ciuffo d'Oro per forza che se lo doveva ricordare! Era il primo che avevano affrontato insieme con il contino. E quanto aveva maledetto quell'assegnazione, con la fama che c'aveva Spinori… certo che la gente… alla fine, era diventato il «suo» Pm, e vabbe', a volte era 'na palla, ma guai a toccarglielo… Marta Greco, piccola, nervosa, coi capelli bicolore… Voleva fare la poliziotta. Era finita a lavorare nella produzione del talent *I Re Mangi*. Ma guarda la vita! Aveva saputo che Deborah cercava un contatto. Le aveva procurato un incontro con chef Esposito e chef Brusegato. Il giorno dopo. In un posto chiamato Aulney la Vallée.

– E che posto è?

– Alta montagna.

– All'estero?

– Macché. Val d'Aosta.

– Ma m'hanno detto che stavano all'estero…

– E sono rientrati! Dài, su, che ci facciamo una rimpatriata!

Be', la cosa poteva avere i suoi vantaggi. Un po' di fresco, magari, avrebbe aiutato a schiarirsi le idee. E una boccata d'ossigeno l'avrebbe aiutata a non angosciarsi troppo per Diego Cosenza. Suonarono alla porta. Il ragazzo di Glovo. Pagò, stappò la birretta, si piazzò davanti allo schermo, addentò la margherita bassa e scrocchiarella, come piace ai romani veri, no quella ciofeca molla dei napoletani. Ma un momento... Intravide un volto conosciuto, alzò il volume. Quasi si strozzò col boccone.

15.

Bionda, piglio aggressivo, Marilena Marinelli era la star indiscussa del *true crime* televisivo. Il suo programma *Giú la maschera* imperversava da quasi due decenni, accompagnato da un successo che nessun infortunio – e non erano mancati – poteva scalfire. Godeva di popolarità immensa sui social, infestati da legioni di teleutenti pronti a credere in ciò in cui lei credeva, a benedire ciò che lei benediceva, a esecrare ciò che lei esecrava. A immolarsi nel suo nome. La sintassi del programma era semplice, a tutti comprensibile. Viviamo immersi in un oceano di casi criminali, ma chi se ne occupa professionalmente non è all'altezza. Vuoi per incompetenza, vuoi per collusione. Non vi dicono mai la verità. La verità sta sempre da un'altra parte. Occorre una persona per bene della quale fidarsi. L'amica del popolo, la paladina della gente. L'unica che può dirvi davvero come stanno le cose. Marilena Marinelli, ovviamente. Marinelli stabiliva colpe e assegnava castighi, scagionava innocenti ingiustamente accusati e pizzicava reprobi che si erano illusi di farla franca. Il mondo intero la temeva. Opporsi a Marinelli significava incorrere nell'odio dei suoi fanatizzati follower. Gaspare Melchiorre ostentava diffidenza nei suoi confronti, ma si vociferava che in passato fra i due vi fosse stato qualcosa di piú di una semplice amicizia. Manrico la detestava. Ci si era scontrato in piú di un'occasione. La sorte gli aveva arriso, nel senso che ciò che Marinelli aveva ritenuto provato si era dimostrato un castello di congetture, e le inchieste del contino, che la bionda aveva stigmatizzato, erano invece andate in porto con soddisfacimento della giustizia. Già. La giustizia. Non è che la giustizia non interessasse a Marilena Marinelli. È che occupava un posto nella parte bassa della classifica. Veniva di sicuro dopo il narcisismo, il successo, la vendetta contro i nemici. E del resto, quando aveva torto, invece di ammettere la sconfitta, riusciva a convincere i suoi adepti che, se la luce era apparsa alla fine del tunnel, era solo per merito suo.

Era agosto. Il programma avrebbe dovuto essere in ferie. Marinelli aveva preteso e ottenuto una prima serata speciale.

Perché era appena esploso un caso speciale.

Perché c'era un ospite speciale. Diciamo pure eccezionale.

Il professor Lapo Viti, l'amico del defunto colonnello Micheli.

Sto pezzo de merda! A noi c'ha detto che veniva domani!

Manrico era stato indirizzato alla visione da un messaggio allarmato di Gaspare Melchiorre. Ovviamente, non aveva potuto ascoltare il commento di Cianchetti. Li separavano i quasi undici chilometri che dividono via Giulia da via Domenico Comparetti, in zona Prati Fiscali, dove l'ispettora aspettava il ritorno di Diego Cosenza, nella loro casa. E nemmeno Deborah poteva sentire il commento che si lasciò sfuggire Manrico. Ma entrambi esprimevano uno stato d'animo comune, un misto di furia e sbigottimento.

Lapo Viti sedeva composto su una poltrona. Indossava una camicia grigia, il colletto sbottonato. Il suo volto era tirato, incupito. Marilena Marinelli era in tailleur rosso. Esordí, con aria addolorata, formulando le piú sentite condoglianze al professore.

E poi la sarabanda partí.

MARINELLI Professor Viti, in che rapporti era lei con il colonnello Micheli?

VITI Vladimiro e io eravamo fidanzati.

MARINELLI Intende dire che fra di voi c'era una relazione?

VITI Precisamente.

MARINELLI Posso chiederle quando era cominciata?

VITI Andava avanti da cinque anni. Ci eravamo conosciuti a un incontro internazionale sulla sicurezza. Io ero stato invitato come esperto di sistemi di difesa e strategie militari.

MARINELLI Ma lei è un civile.

VITI Sono materie che si studiano anche nelle università, dottoressa Marinelli.

MARINELLI Certo, certo, professore. Che uomo era il colonnello?

VITI Era il migliore degli uomini… (*pausa carica di tensione, sembra che debba scoppiare a piangere da un momento all'altro*) gentile, ma deciso, un grande professionista e nello stesso tempo una persona sensibile, generosa…

MARINELLI Sa se i suoi superiori fossero al corrente della vostra… relazione?

VITI Lo escludo. Vladimiro era un uomo molto riservato.

MARINELLI Quindi la sua omosessualità era un segreto.

VITI Credo proprio di sí. D'altronde, quegli ambienti, si sa…

MARINELLI Lei crede che l'ambiente militare dal quale proveniva il colonnello Micheli fosse omofobo?

VITI Ne sono abbastanza convinto. Del resto, bastava guardare la riservatezza di cui Vladimiro si circondava…

MARINELLI Venendo a quella sera, professore…

VITI Mi dica.

MARINELLI Lei sapeva con chi si sarebbe incontrato il colonnello?

VITI No. Come ho già riferito all'autorità giudiziaria. Però…

MARINELLI Però?

VITI Però mi dà da pensare il fatto che non mi abbia nemmeno accennato a… Sa, a volte… anzi, spesso, lui aveva incontri di lavoro, ai quali, almeno per sommi capi, mi accennava. L'altra sera, invece…

MARINELLI Ma è emerso che anche in altre occasioni il colonnello aveva incontrato questo giornalista… almeno cosí si presentava… questo signor Borisov, il russo.

VITI Credo che sia accaduto in coincidenza di periodi durante i quali io non mi trovavo a Roma.

MARINELLI Il colonnello gliene aveva mai parlato? Di Borisov, dico...

VITI No.

MARINELLI Nemmeno in termini vaghi?

VITI No. Però una volta mi disse: se dovesse succedermi qualcosa (*pausa dolorosa, una mano sulla fronte, voce rotta dall'emozione*) sappi che sarà per il mio lavoro.

MARINELLI Per il mio lavoro... Le disse proprio cosí?

VITI Sí. Disse proprio cosí: per il mio lavoro.

MARINELLI E in che cosa consisteva esattamente il suo lavoro?

VITI Lavorava allo Stato Maggiore. So solo questo.

MARINELLI Lei sa che è stata trovata una microspia?

VITI L'ho letto su qualche sito.

MARINELLI Il colonnello gliene aveva mai parlato?

VITI Di microspie? No, assolutamente.

MARINELLI Professore, lei che idea si è fatto della morte del suo compagno?

VITI È stato un omicidio.

MARINELLI Ma, secondo lei, chi aveva interesse...

VITI Questo dovete chiederlo a quelli per cui lavorava.

MARINELLI Azzardi un'ipotesi.

VITI E come faccio? I russi, i suoi capi...

MARINELLI I suoi capi? Sono accuse gravi!

VITI Io non accuso nessuno, badi bene. Cerco solo giustizia per un uomo buono e giusto che è stato assassinato in quel modo cosí barbaro.

MARINELLI Quindi lei esclude che si sia trattato di un incidente...

VITI Incidente? Ma la prego, siamo seri! Un incidente! Ci sono due morti, due... E un'altra manica di gente intossicata... Io la chiamerei strage, altro che incidente!

Marilena Marinelli ringraziò il professor Viti. Le telecamere la inquadrarono. Con l'aria fosca, e l'indice puntato, ammoní le istituzioni, e in particolare la magistratura, di fare quanto prima chiarezza su questa drammatica vicenda.

Squillò il cellulare. Era Gaspare Melchiorre.
– Hai visto?
– Certo.
– Che ne pensi?
– Domandalo ai tuoi amici dei Servizi.
E troncò la comunicazione. Marinelli stava terminando l'omelia. L'ultimo atto fu un giuramento: *Giú la maschera* avrebbe vigilato, come sempre, implacabile, fino al trionfo della giustizia.

16.

La pattuglia dei giornalisti era triplicata, e si era arricchita delle antenne paraboliche di un nutrito gruppetto di emittenti televisive. In estate, stagione notoriamente povera di notizie, un omicidio valeva oro. Due, poi, figuriamoci. Manrico si godeva lo spettacolo dall'alto del quarto piano della Procura. La gestione della stampa era un problema di Gaspare Melchiorre, il cui rientro, questa volta definitivo, dalle sfortunate spiagge croate era atteso a momenti. Il procuratore aveva svegliato Manrico all'alba, scongiurandolo di non assumere iniziative intempestive.

– Aspettiamo. Prendiamo tempo. Non facciamo cose di cui potremmo pentirci.

– Dovranno darci un bel po' di spiegazioni.

– Lo faranno, lo faranno. Ma diamogli tempo, okay?

Di sicuro, Gaspare aveva già attivato i suoi canali. E infatti. Poco prima delle otto i vertici dei Servizi avevano diramato una nota ufficiale con la quale, da un lato, smentivano ogni coinvolgimento nel duplice decesso di colonnello e chef, dall'altro preannunciavano un'inchiesta interna le cui conclusioni, garantivano, sarebbero state rese di pubblico dominio, nel rispetto delle regole di trasparenza imposte dalla democrazia.

Amen.

Nel frattempo, una sperimentata liturgia politica si era messa in moto. Alcuni deputati dell'opposizione chiesero l'immediata convocazione del Copasir, il comitato di controllo sui Servizi. Altri invocarono la riapertura del parlamento, chiuso per ferie. Le penne di punta dei principali quotidiani sciorinarono editoriali di fuoco.

Ma ferragosto incalzava, e non se ne sarebbe fatto niente.

Il fidanzato del defunto ufficiale, l'ineffabile Lapo Viti, si era trincerato dietro un corposo certificato medico a firma di un autorevole primario. Lo spettro dei malanni era ampio e variegato, si andava dall'angina pectoris alla sospetta broncopolmonite, passando per una lombosciatalgia invalidante. Orrú invocava un'immediata visita fiscale. Manrico era rassegnato.

– E a che servirebbe? L'unica cosa che potrebbe dirci è: ho preferito parlare con la televisione perché non mi fido di voi.

Come la maggior parte degli italiani. L'indice di gradimento della corporazione togata non era mai caduto cosí in basso. E la tendenza all'inabissamento non accennava a invertirsi.

La Scientifica fece sapere che le analisi su ciò che residuava del cellulare di chef Marini non avevano fornito alcuna informazione rilevante ai fini delle indagini. Dalle intercettazioni sui vari collaboratori del *Controcorrente* era pure uscito poco e niente. A parte un rilievo di ordine generale: da Donati e Bonetti, passando per Zulian e Bracco, erano tutti laconici ai confini del mutismo.

– È una specie di consegna del silenzio, dottore.

– Gavina, hai ragione. Sono impauriti. Due morti non sono una cosa da prendere alla leggera.

– Vogliono tenersi fuori dai guai.

– È comprensibile.

Erano da poco passate le dieci quando Brunella, agitatissima, fece sapere che «la volpe è nella tana». Tradotto:

l'orrida Zevatti, detta Maga Magò per l'innegabile somiglianza con la rivale disneyana di Mago Merlino, era approdata al proprio ufficio. L'uso della formula da Radio Londra era dovuta all'antica passione di Brunella per i documentari storici.

Mentre bussava all'uscio della volpe, cioè della Zevatti, Manrico si trovò a provare una benevola invidia per quell'anima candida di Brunella.

– Sí? Ah, è lei dottore... Se è per la questione della disinfestazione...

Manrico rassicurò la virago con uno dei suoi bei sorrisi, e depositò sulla scrivania un pacco infiocchettato.

– Ho pensato a lei, che manda avanti un ufficio impossibile con questo caldo opprimente...

Zevatti gli scoccò un'occhiata interrogativa. Manrico annuí. Zevatti sciolse il nodo. Apparve un vassoio carico di fragrantissimi cannoli.

– Questa mattina sono passato dalle *Sicilianedde*, in piazza Cola di Rienzo... – flautò Manrico.

E poi, con un mezzo inchino, fece per ritirarsi.

– Aspetti, dottore...

– Mi dica, dottoressa.

– Io... volevo ringraziarla...

– Ma le pare! E buon lavoro!

Sí, certo, i suoi avi impalavano turchi e razziavano villaggi, ma erano anche capaci di sedersi al banchetto con fior d'assassini e siglare un accordo di pace. Brunella si era informata. La Zevatti aveva un solo punto debole: i cannoli siciliani.

La telefonata della Zevatti raggiunse Orrú esattamente dodici minuti dopo. Il tempo, calcolò Manrico, di due cannoli. La derattizzazione era sospesa sino a data da destinarsi.

Il guaio è che tutta l'attività di quella mattinata non era stata altro che un diversivo teso a evitare l'unica domanda importante.

Che fare con Stefania Baldini?

17.

Marta Greco prelevò Cianchetti all'aeroporto di Torino. Rispetto all'ultima volta aveva optato per un'unica tinta di capelli, un nero ala di corvo dai riflessi bluastri che indubbiamente le donava. Sembrava piú in carne, piú rilassata, piú serena. Aveva rinunciato all'idea di vestire la divisa. Il nuovo lavoro le piaceva. Stava pian piano realizzando «la sua dimensione». Si era fidanzata con un giovane autore. Aveva cominciato come assistente alla produzione e adesso era ammessa alle riunioni di redazione. Dove si creava. Un bel salto di qualità. Ne era orgogliosa. Raccontò tutti questi particolari guidando a velocità massima in direzione della Val d'Aosta, dove era acquartierato, disse, il carrozzone dei *Re Mangi*. Quando fu il turno del proprio aggiornamento esistenziale, Deborah se la cavò con un laconico «tiro avanti». Era di pessimo umore. Il silenzio di Diego Cosenza cominciava a spaventarla. Piú che altro, era arrabbiata con lui: e che je costava 'no squillo, 'na chiamata, un «ciao amo', tutto a posto»? Domani, giurò a sé stessa, domani vado dai capi e mi faccio sentire. Intanto, il Suv con le fiancate istoriate dal logo della produzione aveva imboccato una ripida salita che lasciava intendere, sullo sfondo, alte montagne ancora piuttosto innevate.

– In pratica abbiamo occupato questo piccolo villaggio, – spiegò Marta, – però la gente qui è molto ospitale.

– Come funzionano ’sti *Re Mangi*?

– Be’, è come un film. C’è un copione, una sceneggiatura. E ognuno recita la sua parte...

Era una prova a sfide continue, che alla fine avrebbe incoronato un vincitore o una vincitrice. Fra circa un migliaio di aspiranti – incredibile, vero, il successo della formula! – si svolgevano selezioni severissime finalizzate a scremare un parterre chiaramente sovradimensionato.

– Si valutano due aspetti. Uno tecnico e uno diciamo cosí di spettacolo. È questa la formula di base, Deborah. Chi viene scelto deve saper cucinare, almeno a un discreto livello di base, però deve anche essere un po’ personaggio...

– Che tipo di personaggio?

– Tutti i tipi di personaggio. Gli autori...

– Ah, perché, ce so’ gli autori?

– Te l’ho detto. È come un film. Nel film ci sono gli sceneggiatori e il regista, e qua pure...

E cosí, ferma restando una competenza di base, andavano avanti tipi umani che sembravano suscettibili di catturare le simpatie e anche le antipatie del pubblico. La Bella Sdegnosa, il Coatto Ruspante, il Maestrino, il Selvaggio, la Disperata...

– Frena, frena, Marta... fammi capire ...

– Be’, immagina. Una ragazza dall’aria corrucciata, antipatica e scontrosa, ma molto, molto bella, vagamente arrogante... Un cinquantenne segaligno dalla battuta pronta, un signorino leccato che conosce a memoria tutti gli ingredienti e col ditino alzato dà lezioni di bon ton al resto del mondo, un bruto, preferibilmente pugliese, perché l’inflessione pugliese garantisce l’effetto comico, facci caso, quando entra in scena uno che storpia le *e* e le *o* la risata è assicurata...

– Un bruto?

– Sí, uno che dice pane al pane, fa credere di essere come natura crea, e in realtà spera di fare le scarpe agli altri.

– Tutti sperano di fare le scarpe agli altri.

– Si capisce, ma alcuni lo mascherano meglio ... Oh, e poi c'è quella con l'aria sciupatina a cui hanno sbattuto tutte le porte in faccia che si aggrappa a questa occasione come all'ultimo appiglio di una vita sfigata, e tu speri che vinca...

– E succede?

– Raramente. Di solito, sbanda all'ultima curva, sbaglia il piatto decisivo, e ancora una volta cade nella polvere...

– Ma è tremendo.

– Sí, ma non sai quanto piace alla gente! E poi c'è quella dalla lacrima facile, che è sempre pronta a immedesimarsi nelle sfortune altrui, ma in cuor suo è una iena... Nelle riunioni di redazione gli autori se lo ripetono ossessivamente: noi dobbiamo fornire un vasto campionario della piú diffusa umanità... Il pubblico deve dividersi, parteggiare, amare e odiare in ugual misura... perciò stiamo molto attenti alle rappresentanze... un tot di donne e di uomini, Nord e Sud, giovani e vecchi, nessuna discriminazione di genere, anzi...

– Ma tu vedi!

– E qui diventa centrale il ruolo degli autori. Sono loro che inventano le prove, i test, che suggeriscono situazioni nelle quali le dinamiche interpersonali possono emergere... Al pubblico piace che ci siano scontri, confronti, solidarietà ma anche tradimento... Ci sono antipatici che hanno piú successo dei simpatici, e via dicendo... il pezzo forte sono le reazioni. Chef Brusegato mi ha mandato via a brutto muso perché ho sbagliato un piatto, allora, *bam*, ti piazzo la telecamera in faccia e ti registro sull'orlo di una crisi di pianto che fai autocritica, ho sbagliato, mi impegnerò di piú, lo chef ha ragione, sono un asino...

– È un po' crudele, no?

– Non sai quante volte tocca farglielo rifare, mica è sempre buona la prima! E poi, mentre quello o quella piangono, c'è il rivale o la rivale iena che mormora: «Gli sta bene, a quello str...», col *beep* che oscura la parolaccia, ma tutti l'hanno capita...

– Insomma, spettacolo.

– Vanno avanti da dieci anni. Il successo è crescente. Ci sarà pure un motivo, no? Spettacolo, Deborah, ma anche psicologia.

– E quindi me stai a di' che è tutto finto?

– Al contrario. La gara è autentica. Uno molto simpatico, o una molto antipatica, possono arrivare in fondo soltanto se hanno le qualità per farlo. In finale, dove si decide la partita, ci arrivano solo i migliori.

– Quindi è un po' tutto vero e un po' tutto falso.

– Perché, la vita è tanto diversa?

– E 'sti chef come so'?

– Carini. Vedrai da te. Siamo arrivati.

Al centro di un grande piazzale affacciato sulla valle era stato allestito un set con due grandi cucine da campo e un tavolone centrale dietro al quale stazionavano *I Re Mangi*: chef Esposito, rosso di capelli e tracagnotto, chef Brusegato, alto, distinto e dall'aria vagamente snob, e chef Consuelo Galíndez Montalbán, catalana, piccola, sorridente, volto angoloso, neanche trent'anni, astro nascente della cucina internazionale. Già dall'anno precedente aveva preso il posto di chef Marini. Marta Greco spiegò che si era in pratica ai quarti di finale. I superstiti, sei concorrenti, erano divisi in due squadre da tre, i Bianchi e i Neri. La quota, osservò Deborah, si faceva sentire. Era freschetto. C'era un bel venticello. Un notevole sollievo, dopo la canicola capitolina.

Mentre le telecamere si schieravano, Marta presentò Deborah ai tre chef. Brusegato si esibí in un elegante baciamano. La catalana si limitò a un sorriso distaccato. Esposito strinse vigorosamente la mano dell'ispettora e le chiese se avesse voglia di partecipare alla gara. Presa alla sprovvista, Deborah non sapeva che rispondere.

– Ma sí, – concesse Brusegato, – signora, lei ha una bella presenza, e poi l'imprevisto è sempre gradito in televisione.

– Può assaggiare i nostri piatti e dire che ne pensa, – aggiunse Consuelo Galíndez Montalbán, nel suo ottimo italiano.

– E intanto noi la riprendiamo, – Marta Greco concordava.

– No, no, scusate, – si schermí Deborah, – sono in servizio, non posso...

Ma, dovette ammettere, per un istante ci aveva pensato. Però, no, dài, nun se poteva fa'...

Si manifestò un tecnico, sollecitando l'allontanamento di chi non era di scena. Marta scortò Deborah dal regista, un sessantenne trafelato, e glielo presentò. Da un grosso tendone uscirono i sei concorrenti, tre col grembiule bianco e tre con quello nero. Mentre prendevano posto nelle rispettive postazioni, Deborah si sforzò di individuare i tipi umani dei quali Marta le aveva parlato. Quella biondina grassottella... l'aria mite... poteva essere la disperata all'ultima spiaggia... il belloccio barbuto e palestrato era l'arrogante... il buzzicone che distribuiva pacche sulla schiena, il bruto pugliese... Chef Brusegato ordinò il silenzio. Sul tavolo dei giudici c'erano tre grosse cloche. Chef Brusegato arringò il drappello dei concorrenti.

– Davanti a voi avete tre piatti. Uno è una mia creazione, un altro l'invenzione di Esposito e l'ultimo una creazione di Consuelo Galíndez Montalbán.

– Adesso noi vi illustreremo i piatti, – s'inserí chef Esposito, – che voi dovrete replicare…

– Il primo è questo…

Brusegato sollevò la cloche alla sua sinistra. Zoom della camera su una composizione che ricordava un portafogli, o forse le pagine centrali di un libro aperto, con predominio di colori giallo e verde. Il tutto era adagiato su una base liquida verde.

– Green Deal, – declamò chef Brusegato. – Millefoglie di zucchine con uova di quaglia in salsa di Edelweiss…

– Di coltivazione, – specificò Esposito.

– E certo, noi siamo rispettosi della natura, – concordò Brusegato, – in salsa di Edelweiss ed erbe di montagna… Ma attenzione: le zucchine che voi trovate nella box alla vostra sinistra, – e indicò un grosso cesto a lato delle postazioni, – sono già state marinate nel liquore di Sambuco…

– A crudo, chef? – azzardò un concorrente.

Esposito si rabbuiò.

– Per una domanda cosí potresti essere cacciato a calci! Hai mai visto marinare una verdura cotta? Ma ancora a questo punto siamo!

– Chiedo scusa chef, – sibilò quello, contrito.

– Per questa volta te la passo, ma sei sotto osservazione, Rocco.

E Rocco, uno bassino, con gli occhiali e le tempie grigie, si fece piccolo piccolo, schiantato dalla vergogna. Deborah provò pena per lui. Con la coda dell'occhio intercettò un sorriso carognesco sul volto della biondina grassottella.

La parola passò a chef Esposito, che sollevò il copripiatto di destra, rivelando una composizione di cubetti perfettamente simmetrici immersi in una salsa di colore rosso-Lele. L'intero piatto era una fantasia di variazioni sul rosso.

– Dall'alto dei cieli al muschio del bosco, – scandí chef Esposito.

– Amen! – cantilenò, ironico, Brusegato.

– Non ti ci mettere pure tu, eh, – lo rimproverò Esposito.

– Consuelo, – ribatté Brusegato, chiamando in causa la catalana, – oggi l'amico si è svegliato di cattivo umore!

– Stai tranquillo, Lele, era solo uno scherzo...

– Per stemperare la tensione, – confermò Brusegato.

– Vabbe', vabbe', – concesse Esposito, e riprese la descrizione del piatto. – Le coscette rimodellate di piccione sono adagiate sulla scaloppa di foie gras immersa nella salsa alla framboise... sopra il piccione troverete i frutti di bosco e, attenzione, il tutto è completato da una spolverata di polvere di liquirizia di Calabria, della nostra bella Calabria! Troverete gli ingredienti in quella box, – e indicò la scatola alla destra delle postazioni di cucina.

Seguirono alcuni secondi di silenzio. Durante i quali le camere inquadrarono i volti dei concorrenti: perplessità, stupore, ma anche sicumera in chi, evidentemente, credeva di poter replicare con successo il piatto.

– E, finalmente, Consuelo! – proclamò Brusegato, con un mezzo inchino.

La catalana sorrise, e sollevò la terza e ultima cloche. Nemmeno Deborah riuscí a sottrarsi all'*oooh* collettivo di meraviglia. La creazione di Consuelo era una scultura. Un'autentica piramide dalle pareti levigate attraversate da quelli che avevano l'apparenza di calanchi di colore bianco, solcati da una punteggiatura gialla. Alla sommità, granuli neri che contrastavano con il rosso e il giallo un po' dovunque diffusi. Un laghetto di un marrone intenso circondava la base. E intorno...

– Oh, – sussurrò Deborah, dando di gomito a Marta Greco, – ma quelle so' puntarelle!

– *Ssst*, stiamo girando!

– Un'opera d'arte, chef! – esclamò uno dei concorrenti, un sellerone con l'orecchino e pochissimi capelli.

– Te piacesse! – replicò Esposito.

– La Piramide Marina, – e questo era Brusegato, – grazie alla quale la nostra amica Consuelo ha guadagnato la terza stella Michelin.

Scoppiò un applauso collettivo.

– Grazie, grazie, – la catalana giunse le mani, arrossendo, – è un piatto che amo molto, e... Lo so che vi sembra difficile, ma se ci pensate bene... Credo che siate in grado di farlo anche meglio di me...

– *Bum!* – Questo era Esposito.

– Allora... la Piramide, – riprese Consuelo, – è composta da cinque livelli. Al livello piú basso c'è una piccola lasagnetta di pesce San Pietro... Al secondo livello vedete questi scampi crudi... Al terzo, quello che io chiamo il duello di triglie, ma in realtà sono due filetti di triglie appena sbollentati in salsa di pomodoro... Al quarto livello spillini di calamari al vapore... E, in cima alla Piramide, caviale di Calvisano...

– Ma scusa, Consuelo, – s'inserí Esposito, – il caviale non viene dal Volga, dal mar Caspio...

– Come sei indietro, – lo rimbeccò Brusegato, – il caviale migliore del mondo ormai lo facciamo noi. A Calvisano!

– Esatto, – annuí Consuelo, – caviale di Calvisano... Qua intorno, – e indicò i calanchi, – una bisque di formaggio della Mancia e, ancora, scorzette di cedro, vedi qua le punte gialle... Poi qua sotto la colatura delle alici del Cantabrico e un omaggio all'Italia...

– Le puntarelle! – urlò Esposito.

– L'avevo detto, io, – trionfò Deborah.

Il regista si voltò e le sorrise.

– Sicuro che non vuole farsi riprendere? – aggiunse, a mezza voce.

Deborah si strinse nelle spalle.

Chef Brusegato spiegò che i Neri, vincitori della manche precedente, avevano diritto di scelta. Dopo una breve consultazione, optarono per il piccione. Ai Bianchi fu dunque assegnata la Millefoglie. Ma una volta replicati i rispettivi piatti, entrambe le squadre avrebbero dovuto cimentarsi con la Piramide. La squadra il cui primo piatto replicato fosse stato piú convincente avrebbe avuto quindici minuti in piú degli avversari per rieseguire la Piramide. Al termine della sfida complessiva, la squadra vincente andava dritta in semifinale. Fra i tre perdenti si apriva invece una seconda sfida, una gara alla fine della quale soltanto uno si sarebbe salvato, e gli altri due sarebbero stati ineluttabilmente eliminati.

Esposito dette il via. La gara cominciò. Gli chef raggiunsero Deborah, salutati dai complimenti del regista e del resto della troupe. Mentre i concorrenti si affaccendavano intorno ai fornelli, loro si spostarono nel tendone. I runner portarono i piatti. Deborah fu invitata ad assaggiare. Non se lo fece ripetere due volte. E quando mai le sarebbe ricapitata una simile occasione! Affondò la forchetta. Assaporò prima il piccione, poi la millefoglie, infine la Piramide.

Be', che dire. Lei era piuttosto un tipo da pizza e birra e street food. Al limite, per capire 'sta roba ci sarebbe voluto uno come il contino. Ma in conclusione… oh, gusti simili non li aveva mai sperimentati. E specialmente la Piramide, e insomma…

– Se devo essere sincera…

– Avanti, – la incoraggiò Esposito.

– Guardate, io so' piuttosto un tipo da fraschetta… che sarebbe il modo che a Roma diciamo un'osteria alla buona... Sapete, quelle paste piene de sugo, il petto de vitella alla fornara... Cosí m'hanno insegnato i miei... a parte che mo', col lavoro che faccio, di tempo per stenne le zampe sotto ar tavolo ne avanza poco, e poi, vabbe', io un po' cerco di stare attenta... però... insomma, me pensavo che tutto questo ambaradan di piatti e piattini, e colatura de qua, e listerelle de là... me pensavo che era... difficile, mi spiego, roba che non si capisce...

– E invece?

– E invece... non avevo mai mangiato niente di simile. Davvero. Sete proprio forti. Tutti e tre!

Risate. E il regista tornava alla carica: ma perché non si lascia filmare?

– E basta! – Deborah, risoluta. – Io sto qua a lavora'... C'è un posto dove possiamo parlare con calma?

Esposito e Brusegato la scortarono in una specie di salottino. Fu servito del caffè. Consuelo, che il fu Marini manco l'aveva mai conosciuto, se ne andò a dispensare consigli ai concorrenti. Esposito e Brusegato esordirono dicendo che Cesare era un bravo chef, un professionista a trecentosessanta gradi, un creativo eccezionale, un astro destinato a brillare a lungo nel firmamento dell'alta cucina. Purtroppo la morte lo aveva stroncato, eccetera eccetera. Come da copione. Però l'intuito sbirresco le faceva sentire un certo odorino di reticenza.

– Mi state dicendo proprio tutto?

– I due si scambiarono un'occhiata.

– A volte capita di alzare la voce in cucina, – ammise Brusegato.

– Perché la cucina deve funzionare alla perfezione, – e questo era Esposito.

– Sennò ci scappano gli errori, – ancora Brusegato.

E poi silenzio. Deborah sorrise.

– Mi state dicendo proprio tutto tutto?

Esposito allargò le braccia.

– Ha visto, prima, quando me la sono presa con quel ragazzo...

– E come no! A momenti se lo magnava...

– Fa parte del gioco. Noi siamo autorevoli maestri, e loro scolaretti indisciplinati, – chiosò Brusegato.

– Che è poi come deve funzionare la cucina, col capo e gli altri che obbediscono, – puntualizzò Esposito.

– E questo s'è capito, – Deborah cominciava a essere impaziente, – c'hanno fatto 'na testa cosí co' 'sta storia dell'ordine, disciplina, eccetera eccetera.

– Be', – e finalmente Esposito venne al punto: – Cesare, pace all'anima sua, prendeva la cosa molto sul serio.

– Troppo sul serio.

– A volte esagerava.

– E diciamo che esagerava anche parecchio, – aggiunse Brusegato.

– Diciamogli del ragazzo, – sospirò Esposito.

– Ma dài, Cesare ormai è morto... – si oppose Brusegato.

– Scusate, – flautò Deborah, – ma proprio perché c'è il morto, se sono particolari rilevanti per l'indagine...

– Sta bene, – Brusegato annuí, – quest'anno il contratto non gli è stato rinnovato perché era venuta fuori una storia...

– Che storia?

– Una brutta storia.

Otto o nove mesi prima, mentre si stavano preparando i contratti per la nuova edizione dei *Re Mangi*, alla produzione e alla piattaforma televisiva era arrivata una lettera anonima. Vi si riferiva di un ragazzo che avrebbe subito gravi lesioni in seguito a una condotta «inappropriata» tenuta da chef Marini.

– In pratica, – spiegò Esposito, – questo ragazzo era uno stagista del suo ristorante. Avrebbe sbagliato qualcosa in cucina e Cesare…

– E Cesare? Essú, nun ve fate leva' le parole colle tenaglie, dài!

– Gli ha bruciato una mano nell'acqua bollente, – soffiò Brusegato.

– Cristo santo! – Deborah era inorridita.

– Avrebbe, – corresse Esposito, – avrebbe…

– Ha o avrebbe? – insistette Deborah.

– Guardi, ispettora, io non so neppure se ci sia stata un'indagine.

– Però una cosa è certa: il contratto non è stato rinnovato, – ribadí Brusegato.

– Quindi, secondo voi, la storia era vera?

Esposito fece spallucce.

– Mah. Queste produzioni hanno un codice etico molto rigido, e vogliono soprattutto evitare guai. Magari era soltanto una diceria, e per non avere problemi lo hanno mandato via.

– Ne avete parlato con lui?

– È sparito dalla sera alla mattina, – si giustificò Esposito.

– Quindi no.

– No.

– Ma un'idea ve la siete fatta?

Entrambi scossero la testa.

– Nessuna idea? – li provocò Deborah.

Brusegato sbuffò.

– A volte perdeva la calma.

– Troppe volte, – confermò Esposito.

– Quindi sí, è possibile, – Deborah non era una che mollava facilmente.

– Secondo me sí, – ammise, alla fine, Brusegato.
Esposito fece di sí col capo.

Deborah ringraziò gli chef e telefonò a Manrico. Incassò la voce gentile del contino – il suo modo di scusarsi – con tono di sufficienza e riferí le recenti acquisizioni. Manrico convocò per il giorno successivo Donati, Bracco e compagnia cantante. Il ritratto umano di chef Marini che emergeva dalle parole degli chef contrastava in modo stridente con quella delizia del genere umano che gli era stata venduta dal team del *Controcorrente*. In parallelo, nessuna ombra sembrava macchiare la reputazione del colonnello Micheli.

Lungo la strada per l'aeroporto, Deborah cercò di saperne di piú da Marta Greco. Ma la ragazza era entrata in produzione da pochi mesi. Non aveva preso parte alla stagione precedente. Deborah le chiese se girassero voci su chef Marini. Marta non sapeva niente. La produzione era abbottonatissima. I rapporti con gli operativi, registi, cameramen, runner, assistenti erano quasi nulli. Però conosceva qualcuno. Poteva informarsi.

– Sai una cosa, Deborah? Mi sa che a te Esposito e Brusegato qualche dritta te l'hanno data…

– Se vede tanto? – scherzò lei.

– E dài, dimmi di che si tratta…

– Niente, niente, purtroppo, – mentí lei.

– Peccato. Sai che m'è tornata voglia di fare la sbirra?

– Fattela passa', che è un lavoraccio.

Eppure, quanto lo amava quel lavoraccio! 'Sta cosa del morto che per certi era santo e per altri carogna, per dire. Apriva scenari imprevedibili. Roba da tuffarcisi a pesce. Il pensiero di giocare qualche scherzetto a quella snobbona dei Servizi… Eccitazione, adrenalina. Quasi si era scordata delle ambasce per Diego Cosenza.

Però quando se lo ritrovò davanti nell'atrio arrivi dell'aeroporto di Fiumicino le si sciolse qualcosa dentro che a momenti si metteva a piangere. Era scappato, le confessò poi. Si era preso da sé una licenza di ventiquattr'ore, e, porca paletta, proprio il giorno che lei stava in missione al Nord. Però mo' era tornata. E almeno sino a domani mattina...

E alla fine, a letto, il pianterello se lo fecero tutti e due. E se non era amore questo...

Non era amore, invece, quello fra Alex Spinori della Rocca dei conti eccetera eccetera, figlio unico di Manrico e Adelaide, e l'esile Rachele. Il ragazzo l'aveva riaccompagnata a casa e si erano lasciati con un bacetto sulle guance. Lasciati definitivamente. E ora lui confessava al padre che, forse, una giusta non esisteva. Che, forse, era lui, Alex, quello sbagliato.

– Perché è andata cosí, pa', che a un certo punto non mi ci sono trovato piú bene. Cioè, non m'interessava piú. Ma cosí, di botto.

– Come ti senti adesso?

– Pensavo peggio. La verità è che sto come sempre. Bene, insomma.

Insomma, tutto a posto. Al punto che, mentre Manrico pensava a come meglio consolarlo, il ragazzo se ne uscí con una risata cristallina.

– Sai che m'ha detto nonna? Mi piaceva, quella ragazza, Alex. Ma ha un difetto. È troppo secchetta per come mangia...

Poco prima di mezzanotte, quando Alex era andato a nanna, Manrico si connesse con la sua ex. Adelaide rispose dall'Alaska. Era un primo pomeriggio piovoso, da quelle parti. Adelaide era su un barcone, sullo sfondo il grande ghiacciaio di Glacier Bay. Era stata avvistata una famiglia di megattere. I turisti attendevano le loro evoluzioni. Quando Manrico la mise al corrente delle ultime del figlio, con un sospiro lei commentò:

– Purtroppo, mi sa che voi due siete molto simili.

18.

Orrú si era fatta un giro in rete. Ma di un episodio di violenza commesso da chef Marini in danno di chicchessia non c'era traccia. Niente nelle banche dati, nessuna denuncia. Niente nei social, di solito prodighi di pettegolezzi di ogni genere. In compenso, andando indietro nel tempo, aveva incrociato una serie di video risalenti a circa tre anni prima. Erano una specie di lezioni di cucina tenute da chef Marini insieme a un altro cuoco piú o meno della sua età, uno coi capelli cortissimi e l'aria da replicante di *Blade Runner*, biondissimo, tipo tedesco, tal Dallarita. Sembravano molto legati.

– Approfondiamo, – dispose Manrico.

Quando arrivarono Donati, Bracco e Zulian, tutti e tre erano costernati, abbattuti, «schiantati» – questa l'espressione di Donati – dalla morte di Cesare. E tutti e tre erano profondamente indignati dal racconto degli chef Esposito e Brusegato.

– Invidiosi.

– La verità, dottore, è che fra loro questi grandi artisti della cucina si odiano.

– Se possono parlare male gli uni degli altri…

– Sta di fatto, – Manrico li stava ascoltando tutti e tre insieme, e delle loro espressioni corrucciate a pelle, sentiva di diffidare, – che chef Marini è stato buttato fuori dalla trasmissione.

– Ha detto bene.

– Buttato fuori.

– Per invidia.

– Era il beniamino del pubblico.

– E secondo me, – azzardò Donati, e fu l'unica concessione, – la vera ragione è che lui ne era consapevole e forse non si sono messi d'accordo sui soldi.

– Comunque, – e questa era la Bracco, – era già pronto per una trasmissione tutta sua.

– Scusate, sull'episodio di un ragazzo che sarebbe stato ferito…

– Ah, quello! – Zulian si accigliò. – Un furbetto che ci voleva estorcere un po' di quattrini.

– Quindi, qualcosa è successo, – insistette il Pm.

– Quel tipo minacciava di fare uno scandalo se non fosse stato pagato… – rincarò la dose Donati.

– Mi sta dicendo che non corrisponde al vero che chef Marini gli aveva bruciato una mano?

– Ma quando mai! – insorse Bracco. – Sarebbe stato un reato da denuncia, e invece…

– E invece quello s'è rovesciato l'acqua bollente sul braccio perché era un imbranato! – e questo era Zulian.

– E per caso vi ricordate come si chiamava?

– Musumeci, mi pare, – e anche Bonetti fece sentire la sua voce, – Ferruccio Musumeci…

– Un'ultima curiosità, – avete mai sentito parlare di un certo Dallarita?

Bracco e Donati inalberarono un'espressione di sincero stupore. No, quel nome non gli diceva niente. Zulian invece disse che l'aveva conosciuto. Era un bravo chef, ma a un certo punto aveva perso la vocazione. Qualche anno prima aveva posseduto quote del ristorante, e poi le aveva vendute proprio a Marini. Da allora, non sapeva che fine avesse fatto.

I tre levarono le tende. La spiegazione pareva credibile. Tanto piú che non c'erano denunce. La stessa lettera anonima inviata alla produzione poteva essere la vendetta di un frustrato, come avevano ipotizzato i tre del ristorante.

Cianchetti, che era comparsa a metà mattinata con aria raggiante e aveva persino abbracciato il contino, non ne era convinta.

– Mah. Io un controllino lo farei… Cioè, vojo di', a me i due chef me parevano convinti.

– Però forse sono davvero invidiosi, – sottolineò Orrú, pensierosa.

Guardarono Manrico, che annuí.

– Tentar non nuoce, Deborah.

E cosí Deborah prese lo scooter e se ne andò all'XI commissariato sulle tracce di questo Ferruccio Musumeci. Era il commissariato territorialmente di competenza per il ristorante *Controcorrente*. Certo, non c'erano denunce, però magari c'era stato un intervento di quelli che non esitano in un procedimento, oppure il collega sapeva qualcosa… Come aveva detto il contino? Tentar non nuoce. E intanto Diego Cosenza se n'era tornato alla sua missione, dall'Albania al Montenegro, e aveva giurato, stragiurato che ogni giorno le avrebbe mandato un messaggio. Se non ricordava male, in quel commissariato prestava servizio Lanzillotta, un suo vecchio compagno di corso. Per essere una giornata di piena estate, il commissariato era sin troppo attivo. Anzi: brulicava di gente. Un gruppetto di villeggianti in bermuda e infradito, una madre con una bambina piangente, due alti neri dall'aria spaventata, un tipo distinto che chissà come riusciva a sopportare giacca e cravatta. Deborah attese che un'anziana ritirasse un passaporto e si manifestò al piantone, un cinquantenne dall'aria estenuata.

– Buongiorno. Cerco l'ispettore...

– Si metta là con gli altri, prego.

– Guardi, io cerco...

– Sí, sí, lo so. L'ispettore Mancini. Qua tutti cercano l'ispettore Mancini. Su, si metta là, signorina.

E quando è troppo è troppo.

– Signorina un cazzo! Io so' 'na collega, anzi, una tua superiora, – e qui sbatté sul ripiano il tesserino, – e 'sto ispettore Mancini manco so chi è! Cerco Lanzillotta. Ce sta o no?

Cinque minuti dopo era nell'ufficio dell'ispettore Lino Lanzillotta, detto Harry Potter per via degli occhiali, della frangetta e della voce da maghetto. Tale era stato, dieci anni prima, al corso, e tale e quale era rimasto. Si strinsero la mano. Il piantone rinculò dopo essersi scusato per l'ennesima volta con Deborah.

– Che cosa posso fare per te, Cianche'?

– Mi spieghi prima 'sta storia dell'ispettore Mancini?

Be', una storia c'era. Se non fosse stata drammatica, ci sarebbe stato da tirarci su una di quelle vecchie commedie all'italiana. Erano giorni che operava in zona una banda di ladri e truffatori sui quali ancora non erano riusciti a mettere le mani, e che li stava facendo dannare.

– Funziona cosí. Qualcuno borseggia un passeggero sulla metro o sull'autobus. Poi, e non ci vuole troppo, dai documenti risalgono al telefono della vittima, e fanno una chiamata. Sono l'ispettore Mancini dell'XI commissariato, abbiamo ritrovato la sua carta di credito...

– E quelli abboccano!

– È organizzata bene. Questo Mancini dice: naturalmente, voi vorrete controllare, non ci si fida del primo sconosciuto. Facciamo cosí: mi chiami al... e gli dà un numero. Chieda di me. Quello chiama. Risponde una voce: XI commissariato... scusi, mi passa l'ispettore Mancini? Eccolo. E torna in voce il primo telefonista, e spara un numero di carta reale, quella rubata, e il pin a casaccio. Il truffato li corregge: no, mica è questo il pin. Il pin vero è... e glielo dice. Il sedicente poliziotto ringrazia, dice che provvederà lui a informare l'istituto di credito, e invita il disgraziato a recarsi di persona all'XI commissariato e chiedere di lui, dell'ispettore Mancini, cosí potrà recuperare le sue carte di credito e i documenti, magari.

– Ma ovviamente quello viene qua e finisce a fa' la fila all'ufficio denunce...

– Perché 'sto Mancini non esiste!

E del resto, rifletté Cianchetti, sul manuale di diritto penale non c'era scritto che la truffa si persegue a querela di parte, e non d'ufficio, perché lo Stato non ha tempo per tutelare i deficienti che abboccano?

– Però, – riprese Lanzillotta, – ti posso dire una cosa?

– E dilla.

– Possono farla franca per anni, 'sti malandrini, ma non riusciranno a fare in tutta una vita quello che un commercialista ladro riesce a fare in un giorno.

– Parole sante, Lanzillotta.

– Cianchetti, ora se vuoi spiegarmi la ragione della tua visita...

Gli parlò di Ferruccio Musumeci. Il nome non diceva niente a Lanzillotta. Allora lei gli disse che lavorava al *Controcorrente*. E la luce si accese.

– Aspetta... il ristorante dove hanno avvelenato... Sí, ci fu una chiamata, mi pare un annetto fa... Ne parlavamo proprio l'altro giorno coi colleghi della volante...

– Tu ci eri andato?

– No, ma, come ti dicevo, mi hanno raccontato… dice che era un falso allarme. Questo Musumeci aveva una mano ustionata, se l'era bruciata friggendo in acqua, mi pare…

– Nessun reato?

– No, altrimenti sarebbe partita la denuncia.

Però qualcosa, negli atti, c'era. Un verbale di identificazione con i dati di Musumeci, e il numero di un telefono cellulare. Deborah lo compose. Una voce maschile, profondo accento siciliano, rispose al sesto squillo.

– Sí? Ma cu è?

Sullo sfondo, risate e schiamazzi, e una musica insistente.

– Parlo con il signor Ferruccio Musumeci?

– Sí, ma che cerca?

– Sono l'ispettora Deborah Cianchetti della squadra di polizia giudiziaria di Roma…

La linea cadde.

Deborah richiamò. Nessuna risposta. Deborah richiamò ancora. Questa volta Musumeci rispose, e poi fece immediatamente cadere la linea. Deborah insistette.

– Musumeci, se chiudi un'altra volta quanto è vero Iddio ti sbatto dentro e butto la chiave. Sono stata chiara?

Silenzio. Ma la linea c'era ancora: lo dimostrava la musica ossessiva.

– Musumeci?

– Ispettore, io niente saccio, niente…

– Dove stai?

Lui dettò un indirizzo.

– Non ti muovere di là. Sto arrivando.

L'ispettore Lanzillotta la guardò uscire a passo di carica. Quanto gli era piaciuta, quando stavano al corso! Se non ci aveva provato, era per una sola ragione: la paura. A pezzi lo avrebbe fatto, una cosí, a pezzi!

Ferruccio Musumeci era alto, tatuato, coi capelli rossi e ricci. Lavorava nelle cucine del *Le orche blu*, uno stabilimento popolare a Torvaianica. L'odore di pesce fritto e grasso rancido era opprimente. Un bel passo indietro, rispetto al raffinato *Controcorrente*. La mano sinistra era solcata da brutte cicatrici in rilievo. Quando arrivò Deborah, la pregò di non dire niente ai suoi datori di lavoro.

– Sennò ti annullano il contratto?

– Ca qua contratto, dottoressa...

– Ispettora.

– Sí, va bene, come volete voi. Qua contratto! Qua miracolo è se ti pagano la settimana!

Musumeci chiese al gestore cinque minuti per parlare con un'amica. Quello, un sessantenne irsuto dal ventre esagerato, rispose con un grugnito minaccioso. Uscirono dalla cucina, e si fermarono dopo pochi passi. Musumeci si accese una sigaretta.

– Quelle come te le sei fatte? – Deborah puntò l'indice contro la mano del giovane.

– Un incidente fu.

– Sicuro?

– Ca certo!

– Io invece penso che chef Marini ti ha bruciato deliberatamente, e tu non lo hai denunciato perché sei stato pagato.

Ferruccio Musumeci chinò il capo, e lasciò partire una specie di singhiozzo.

– Ma che dite!

– Guarda che non ti faccio niente, – aggiunse lei, su un tono piú morbido, – e neanche lui può farti niente, visto che è morto.

– Ma ch'avia a fari, eh? – si lamentò lui. – Quello era uno famoso, andava alla televisione, al locale ci venivano a mangiare i ministri, i cantanti, l'ambasciatori... era la mea parola contr' alla sua...

Cianchetti si sentí invadere da un moto di pietà.

– Ma almeno ti sei fatto pagare bene?

– Iddu bastardo pure taccagno era. Domandatelo a tutti: pure gli avanzi del cibo riciclava, 'u grande chef!

– E tu hai mandato una lettera anonima alla produzione del talent, per sputtanarlo.

– Ca qua lettera! – trasecolò Musumeci, indignato. – Mi ci vedete a mia a fare la guerra a Cesare Marini? Se 'u volevo tragediare, andavo sui social e ci cuntavo u fattu!

– E quindi non hai mandato nessuna lettera...

– Nzú, – tagliò corto, deciso, col tipico gesto siciliano di diniego.

– E secondo te chi può essere stato?

– Ma che ne sacciu iu!

– Chi sapeva di questo fatto della mano?

– Tutti, intr'allu ristorante. Tutti chiddi fitusi, ca non ficiru nenti pi mia!

Cianchetti salutò il povero Musumeci con una pacca sulla spalla e chiamò Manrico.

– È confermato. Marini era un bastardo. Esposito e Brusegato non ci hanno mentito. I suoi colleghi sí, quelli del ristorante. Ci hanno raccontato un sacco di balle.

– Ma se non è stato lui a mandare la lettera anonima, chi, allora?

– Be', qualcuno che ce l'aveva con lui.

– E ce l'aveva al punto da ucciderlo?

– Possiamo escluderlo?

– E il colonnello?

– Dottore, e tutto mo' dobbiamo sapere.

– Ha ragione. Preparo una richiesta per la produzione dei *Re Mangi*. Vediamo di acquisire questa lettera...

– Dottore, mi dà un paio di giorni?
– Qualche idea, Cianchetti?
– No, ho pensato... Quella è una produzione americana. Magari non ci rispondono. Oppure dobbiamo sequestrare una montagna di carte. Potrei provare in un altro modo...
– Si prenda tutto il tempo che vuole, Deborah.

Marta Greco non stava nella pelle dall'eccitazione. Deborah Cianchetti le aveva raccontato una storia intrigante. E aveva chiesto il suo aiuto per rintracciare una lettera anonima dalla quale, chissà, dipendeva la soluzione di un caso di omicidio. *Uao uao uao!*

Quanto a Manrico, si sentiva vittima di un tradimento che non riusciva a metabolizzare. L'opera. L'opera lo aveva abbandonato. Perché non gli veniva in mente niente? Dove aveva sbagliato? Il mendacio del personale del *Controcorrente* apriva un nuovo scenario o era solo il tentativo dei suoi orfani di salvaguardare l'immagine immacolata dell'adorato padre che avevano appena perso? Ammettendo che chef Marini avesse esagerato con i metodi di correzione... ammettendo che si trattasse di un sadico... che cosa diavolo c'entrava con la morte di un colonnello probabile spione o spiato... e soprattutto: perché era morto anche lui? Avrebbe potuto prendere a verbale il giovane Musumeci, e sbattere le sue dichiarazioni in faccia ai vari Bracco, Donati e compagnia cantante. Poteva incriminarli per il reato di false comunicazioni al pubblico ministero. Cosí quelli si sarebbero avvalsi della facoltà di non rispondere e amen. Meglio aspettare. Acquisire altri elementi. Tirare la rete al momento opportuno. Ma quale rete?

Uno schema embrionale si affacciò per un istante. Una

vicenda che ruotava intorno alla personalità di chef Marini. Ma era tutto cosí vago, cosí inafferrabile...

Non venivano aiuti nemmeno dalle intercettazioni. Un completo fallimento. O avevano studiato anche loro, gli intercettati, all'università della fiction, dalla quale si imparava molto su come eludere le investigazioni, o non avevano un accidente da dire.

E l'opera che non lo soccorreva!

Quando ricevette la videochiamata di Stefania Baldini era appollaiato su una seggiola da regista, in terrazzo, alla vana ricerca dell'ispirazione e di un refolo dell'ormai estinto Ponentino.

– Scusa se non mi sono fatta sentire.

– Dovevi?

Partí una risata, di gola, profonda. Una di quelle risate che sanno di alcol, di fumo, di vita vissuta. Manrico adorava quel genere di risata. E doveva ammetterlo: lei continuava a piacergli, nonostante tutto. Era necessario difendersi. Mantenere la lucidità. Quindi, distacco. Ma quanto sarebbe riuscito a distaccarsi da un gioco cosí attraente?

– Sono a un party noiosissimo con gente noiosissima, – disse lei, e gli mostrò la panoramica di un giardino con buffet, ghiaia, tavoli, signori in smoking, signore in lungo. Poi chiuse sul suo volto sorridente.

– Povera cara, – ironizzò.

– Grazie della solidarietà, – ribatté lei, sullo stesso tono.

– Vediam di consolare il suo tormento... – canticchiò lui.

– Ora sei sfacciato.

E troncò la conversazione. Ma quando mezz'ora dopo lei lo raggiunse a palazzo Van Winckel, lui si fece trovare in camicia dal collo coreano e jeans larghi, scalzo, con una bottiglia di champagne Robert Moncuit in ghiaccio. Per suscitare quel minimo di curiosità: sapeva o non sapeva che sarei venuta? Se l'aspettava?

Seguirono due ore in cui si sfiorarono e affondarono l'uno nell'altra, si fusero e si respinsero, si confusero, volarono e crollarono. Chi stava controllando chi? Era un gioco senza parti, o in cui le parti si scambiavano di continuo. Erano mesi che Manrico non si sentiva cosí elettrizzato. E tanto in pericolo. Uscirono in terrazzo avvolti nelle lenzuola. Notte fonda. Non un alito di vento. Aria da commedia sofisticata. Stefania accese un cigarillo.

– Ho anche questo vizio.

– L'altra notte, quando abbiamo parlato delle scelte...

– Sí, conte?

– Per la verità una scelta l'ho fatta. Direi che l'ho fatta una volta per tutte.

– E sarebbe?

– Cerco la verità, – disse, e mentre lo diceva si maledisse. Ma come si faceva a essere cosí stupidi, retorici, pomposi... insinceri...

– La verità è sopravvalutata, – ribatté lei, e gli soffiò sulle labbra uno sbuffo di fumo e un sorriso indecifrabile.

19.

Orrú aveva rintracciato Dallarita. Ci era arrivata grazie alla sua abilità di navigatrice di banche dati e archeologa di tracce remote. Gualtiero Dallarita, trentasette anni, giovane speranza dell'alta cucina, un tempo socio in affari di chef Marini. A un certo punto aveva mollato tutto. Ma questo già lo si era capito. Il capolavoro di Gavina era stato di seguirle fino a oggi, quelle tracce.

– Si occupa di un centro per immigrati, dottore.

– Sul serio?

– Il Sentiero.

– Convochiamolo.

– Già fatto. Ma...

– Ma?

– Ha chiesto se potevamo andare noi da lui. Con molta cortesia.

Cianchetti non la prese bene.

– Eccone un altro che si crede 'sto... me scusi, dotto'. Mandiamogli sei ragazzotti in divisa e facciamolo portare qua. Subito e adesso.

– E se invece ci facessimo noi una passeggiatina, Deborah? Lo chiami, Orrú, e gli dica che stiamo arrivando.

Detto fatto. La macchina di servizio li depositò davanti a una villetta a tre piani immersa nel verde. Si trovavano nel quartiere Monteverde. Gli alberi fioriti e un fruscio di fontanella attenuavano l'afa agostana. Il luogo era nel complesso piacevole. Manrico e Deborah attraversarono un cancello aperto. Una targa recitava «Il Sentiero - Restare Umani». Una bastardina vivace si catapultò fra le gambe di Deborah, annusò, piroettò su sé stessa e si sdraiò sulla schiena, offrendosi in segno di sottomissione. Lei si chinò per accarezzarla. Si udí una voce femminile dalla cadenza cantilenante.

– Lena… Leena, non disturbare, su…

– Non ci dà nessun fastidio, signora.

Da un vialetto di ghiaia sbucò una donna anziana, e alquanto sbilenca, che si appoggiava a un bastone. La bastardina corse da lei, scodinzolando.

– Siete qui per vedere Gualtiero? – chiese l'anziana, grattando la cagnolina sulla fronte.

– Sí, signora, – rispose Manrico.

– Io so' Tina, – proclamò lei, con un certo orgoglio, e poi indicò il cane, – e lei è Lena.

– Lena, bella, – approvò Cianchetti.

– Me l'hanno regalata perché c'avevo Bella, che era un'altra cana, proprio uguale a Lena, ma è morta.

– Che peccato, – si sentí in dovere di commentare Cianchetti.

– Eh, – la donna sorrise di un sorriso furbo, – ma lo sapete che quanno un cane more, va diritto al paradiso?

– Ma davvero! – sorrise Manrico.

– Perché i cani, – e qui il tono si fece cospirativo, – nun so' come noi… nun so' cattivi come l'omini… i cani… loro lo sanno chi è bbono e chi è malo!

– Va bene, Tina, lo sappiamo. Adesso lasciaci parlare, su…

Era comparso Gualtiero Dallarita. L'ariano squadrato dei video con la buonanima di chef Marini si era fatto crescere i capelli, e aveva ora piú l'aria di un angioletto morbido. Era in maglietta e jeans. E inalberava un sorriso largo e accogliente. Nel vederlo comparire, Tina borbottò qualcosa, poi impartí un ordine alla bastardina, che si avventò a razzo verso una vicina aiola. E lei la seguí puntellandosi sul bastone.

– Benvenuti. Scusate se vi ho chiesto di raggiungermi qui, ma oggi è una giornata speciale. Fabietto, che è uno dei nostri ospiti piú anziani, compie settant'anni. Sono stati invitati un po' di amici, una trentina. E io cucino per tutti…

– Salute! – questa era Deborah.

– Be', – rise Dallarita, – quando lavoravo nell'alta ristorazione mi è capitato di avere un'intera ambasciata da sfamare…

– Scusi la curiosità, ma perché ha mollato? – e questo era Manrico.

– Venite con me…

Dallarita li guidò in un giro turistico del centro Il Sentiero. Tre villette con sei appartamenti per ciascuna villetta. Ospitava dalle venticinque alle quaranta persone. Alcuni stanziali – homeless ai quali la Fondazione proprietaria del sito garantiva residenza permanente – e altri che si avvicendavano, in vista di una diversa soluzione abitativa o del ritorno a casa.

– Perché qualcuno, anzi, molti, la casa ce l'hanno, solo che per tanti motivi non ci vogliono piú stare, o non lo vogliono i parenti, e allora noi lavoriamo perché riescano a tornarci, cerchiamo di smussare i conflitti…

– E so' tanti? – chiese Cianchetti.

– Non ha idea, – sorrise Dallarita, – Roma è la città italiana con la piú alta percentuale di senzatetto… volontari, diciamo cosí.

Visitarono un appartamento dignitoso, con due camere, una piccola cucina, un bagno ampio, un soggiorno con quadri alle pareti, piante in vaso, un computer, televisore. Visitarono una vasta cucina, nella quale un ragazzo nero e una asiatica sfornellavano, concentrati. Dallarita li portò anche in un orto dove zappettavano due anziani, e indicò un capanno nel quale, spiegò, «una volta a settimana montiamo uno schermo e proiettiamo un film, e poi facciamo il dibattito». Infine, sedettero a un tavolino all'ombra di un grande cedro. La ragazza asiatica che avevano visto in cucina serví tè freddo e Coca-Cola, e dei biscotti. Si ritirò con un inchino grazioso.

– Una volontaria? – chiese Cianchetti.

– La mia compagna, – rettificò Dallarita, – lei è di Taiwan.

– Come c'è finito qua? – s'informò Manrico. – Una specie di conversione sulla via di Damasco?

– Questa non è un'istituzione religiosa, – rise Dallarita, – anche se io non ho niente in contrario, la Chiesa di papa Francesco fa un gran lavoro sugli ultimi... Il fatto è che per i credenti il povero è una specie di reincarnazione del Cristo... Cioè, per giustificare la carità si richiamano alla fede, al martirio. Qui siamo piú spicci, piú pragmatici, se vuole... C'è gente che fa una vita di merda, scusi se la metto in modo cosí esplicito, e noi cerchiamo di fare il possibile per dargli una mano. Niente di piú.

– Vabbe', però chi paga per questo?

Qualche tempo prima, Manrico sarebbe intervenuto, l'avrebbe bacchettata sulle dita. Ora conosceva abbastanza la sua collaboratrice da capire che l'asprezza era spesso una forma di autodifesa. Succedeva anche a lui. La verità è che siamo cosí induriti tutti, si disse. Stentiamo a credere che esistano il disinteresse, la generosità. La bontà, via.

– La proprietà è di una fondazione della quale faccio parte. La fondazione è nata grazie al lascito di una persona molto ricca che ora non c'è piú.

– E lei la conosceva, questa persona? – chiese Manrico.

– Cucinavo per lui.

– E cucina anche qua, – Deborah gli ricordò.

– Perché cucinare è la mia vocazione, – e qui gli occhi di Dallarita si illuminarono, – il cibo è la nostra fonte di vita, di conoscenza, di cultura… Non si tratta solo di sfamarsi, quanto di entrare in accordo con la materia… E se sei in accordo con la materia, lo sei anche con lo spirito…

Questo me pare mezzo profeta e mezzo matto, pensò Cianchetti, però l'atmosfera sembrava gaia, gli ambienti decorosi, persino ben messi… l'istinto sbirresco non fiutava inganni…

– Una volta cucinavo solo per i ricchi, perché credevo che solo i ricchi potessero capire certe raffinatezze… Invece, stiamo parlando di qualcosa che è… deve essere alla portata di tutti… Mangiare bene aiuta a vivere meglio… Capisco che può sembrare strano, ma…

– La comprendo, – intervenne Manrico, – una volta Gramsci invitò Toscanini a dirigere per gli operai. Grande musica per una massa di ignoranti, si disse. Cioè, dissero i reazionari. Ma gli operai stupirono tutti. Quella musica li conquistò. Fu un trionfo. Il piú commosso era Toscanini, alla fine.

Dallarita si mise una mano sul cuore. Cianchetti lottava contro un certo senso di… calore? Commozione? Richiamò sé stessa all'ordine: oh, qua ce stavano i morti de mezzo! Ma quel Dallarita, eh, c'aveva qualcosa…

– E sta bene. A un certo punto lei s'è stancato di cucinare per i ricchi e qui…

– Io mi sono stancato di un modo di essere, – puntualizzò Dallarita, – mi sono stancato di quel mondo nel suo insieme, nel suo complesso…

L'organizzazione di una cucina come una brigata militare. Lo chef che comanda e la sua parola è legge assoluta. La punizione per ogni minimo sgarro. La tensione che viene considerata l'unico motore per il successo. Il successo come mito e fine ultimo. Il surplus di adrenalina. La vittoria. La vittoria. Il trionfo. Tutto questo gli aveva provocato una violenta crisi di rigetto.

– La com-pe-ti-ti-vi-tà! – scandí, con l'ispirazione di un attore hollywoodiano. – Guardate in quei programmi, tipo *I Re Mangi*… Sono tutti accecati dalla corsa al successo… uno solo deve vincere, conta solo il primo posto, tutto il resto non vale un accidente! Ma chi l'ha detto che per fare un buon piatto, diciamo anche un gran piatto, un piatto eccezionale… si debba vivere male, rotolarsi nell'ossessione, massacrare il prossimo, passare sui cadaveri dei nemici… Qui io cucino in libertà e letizia e, ve lo giuro… i piatti che escono non fanno rimpiangere quelli che un tempo mi avrebbero reso famoso…

– E chef Marini? – Deborah riportò il discorso all'oggetto dell'indagine.

– Era come me e io ero come lui. Eravamo gemelli, si può dire.

– Qualcuno ci ha detto che era violento, prevaricatore…

– Non piú di me. Eravamo degli autentici bastardi.

Per questo, Dallarita non esitò a credere alla storia del ragazzo con la mano bruciata.

– C'è stato un momento in cui avrei potuto farlo io… Anzi, se volete sapere come sono guarito… perché io credo di essere guarito da una specie di malattia… è stato quando ho strigliato il mio sous chef per un arrosto… un *secreto de lomo*… La cottura non era perfetta… lui si macchiò di quella che ai miei occhi di allora appariva una colpa inemendabile… disse che mi ero sbagliato, che la cottura era perfetta, soprattutto disse che aveva seguito alla lettera le mie disposizioni, quindi se c'era uno con cui dovevo prendermela, ero io... Non ci ho visto piú, ho afferrato un coltellaccio e mi sono fermato...

Pollice e indice di Dallarita erano scostati di qualche centimetro.

– A tanto cosí, – concluse, – a tanto cosí... è stato allora che ho capito che avrei potuto farlo, e mi sono tirato indietro... E poi c'era la cocaina... sapete, non è un caso...

No, non era un caso se la coca «si portava» tanto. Manrico e la Cianchetti lo sapevano sin troppo bene. La coca che serviva a *performare*. La coca che se non te la fai sei uno sfigato. La coca condimento indispensabile delle elettriche notti romane...

Calò il silenzio. La bastardina Lena tornò a curiosare, e poi si eclissò, richiamata dalla cantilena tremula della sua padrona. Dallarita aggiunse altri particolari. Non tutti gli chef erano cosí violenti e determinati. Brusegato, Esposito e pochi altri, pur se uomini di potere, sapevano controllarsi. C'era un modo piú dolce, meno aggressivo di lavorare, e con buoni risultati.

– Ma non fa per me. Non in quell'ambiente. Qui mi sento a casa mia. Qui sono felice, credetemi.

– E Marini?

E Marini, povero Cesare, spiegò Dallarita scuotendo la testa, era rimasto preda della propria esaltazione. Per dire: la famosa carriera universitaria che avrebbe abbandonato per consacrarsi alla cucina. Una millanteria. Sí e no aveva fatto tre esami.

– Secondo lei, – chiese Manrico, – perché quello che lei ci sta dicendo i suoi collaboratori non ce l'hanno riferito?

– Perché per loro non è rilevante. Avrei fatto la stessa cosa, quando lavoravo in quel mondo.

– Ma al ragazzo hanno bruciato una mano!

– Sa cosa avrei pensato, all'epoca? Ben gli sta, cosí impara. Questo avrei pensato... E ora, se mi permettete, la cucina mi reclama...

Manrico e Cianchetti declinarono l'invito a cena di Dallarita. Mentre si avviavano all'auto di servizio, scortati dai latrati della cagnolina Lena, si scambiarono le prime impressioni.

– Dotto', lei ci crede che quelli raccontano bugie perché non si rendono conto...

– Mica tanto.

– E manco io. Me sta' a veni' n'idea...

– Avanti, sentiamo.

– Non so... diciamo che ce l'avevano co' Marini.

– Plausibile.

– Però c'è una cosa che stona...

– Il colonnello.

– Che fa, me legge nel pensiero?

– No, è che mi sa che abbiamo avuto la stessa idea...

Entrambi erano consapevoli di un dettaglio tutt'altro che irrilevante: piú che un'idea, era una congettura. Se il bersaglio era Marini, che c'entrava Micheli? E se il bersaglio era Micheli, che c'entrava Marini? E soprattutto mancavano le prove.

20.

Il regionale per Formia approdò alle 11.50 precise alla stazione di Priverno-Fossanova, la piú vicina a Sabaudia. Ne discese un Camillo abbronzato, tonico, persino dimagrito. Manrico e il maggiordomo si abbracciarono.

– Ti vedo in gran forma. L'aria di famiglia ti ha fatto bene, Camillo.

– La mia famiglia è qua, Manrico, lo sai… mi scusi, signor contino.

– Falla finita!

Ma un pensiero tormentava Camillo. Come si sarebbe comportata con lui donna Elena? Era ancora arrabbiata? Continuava a considerarlo un traditore?

– Lo sai com'è fatta. Le passerà.

Ma ci sarebbe voluto un po' di tempo. Il perdono sarebbe stato un'ardua scalata. Quando Camillo le si inchinò davanti, lei ricambiò con un sussiegoso cenno del capo, e tornò a dedicarsi a Fatma, che, dal suo canto, aveva già la valigia pronta e le lacrime agli occhi.

– Su, su, non è mica un addio, cara!

– Quando a madame serve, io torno! Lo giuro! Torno anche qui a San Baudia!

– Siamo state bene insieme, Manrico, – scandí la contessa, fissando con voluta intensità Camillo, che abbassò gli occhi, – anche se questa ragazza, una brava ragazza, deve imparare a parlare come si deve!

– Solo perché ho girato le melinsane nella carta castagnola!

Vale a dire: ho avvolto le melanzane nella carta stagnola. Al teatrino assisteva anche un divertito Alex. La rottura con Rachele gli era scivolata addosso. Oppure, proprio perché tanto simile al padre, si era già abituato a convivere con una persistente malinconia.

– E adesso, su, vai, cara, – riprese donna Elena, – io e mio nipote scendiamo in spiaggia, un tuffo prima dell'afa pomeridiana ci farà bene...

– Signora contessa, – si offrí Camillo, – se le serve...

Ma la contessa, senza degnarlo di risposta, imboccò con passo regale il vialetto che conduceva al mare.

Fatma si fece coraggio.

– Signora, madame, scusa...

– Síí? – donna Elena sfoderò un'espressione sorpresa.

– Se potete ridare il mio telefono...

– Il telefono? – Manrico era basito.

– Sí, certo, cara, che sbadata, – ridacchiò Elena.

Pescò nella borsa da mare e restituí a Fatma il telefono.

– Mamma, – Manrico era sul punto di esplodere, – tu non...

– Oh, ma so' stata io, – intervenne, in soccorso, Fatma, – la signora madame ha ditto che aveva telefono rotto, e io ho prestato...

Alex e Camillo si guardarono. Il maggiordomo era costernato. Il nipote prese sottobraccio la nonna e la trascinò in spiaggia, onde evitare guai peggiori.

Manrico accompagnò Fatma nel piazzale dove era parcheggiata la macchina della donna. Lei controllò il cellulare e sbuffò.

– Uh, devo chiamare una mia amica di Caval di Parmo perché a lei serve baby-sitter...

– Caval di... Parlo?

– Sí, vicino dove c'è il carcere dei bambini.

– Casal del Marmo.

– Come ho ditto, sí... ma ho finto credito del telefono...

– Ha finito, semmai, – bofonchiò il contino, – mi dia il telefono, le faccio una ricarica.

– Ma no, signore Manrico, la povera madame doveva far telefonata, per me è un plaisir...

– Su, su, non discuta!

Manrico ricaricò la scheda. Ne approfittò per controllare gli ultimi accessi. Come previsto. Elena si era collegata a una dozzina di siti di scommesse e a un paio di casinò on-line. Alcuni di questi richiedevano l'acquisto di gettoni extra all'accesso. Altri una registrazione.

– Scusi, Fatma, mia madre per caso le ha chiesto di fornirle il numero di una sua carta di credito, un pin...

– Ah, sí, ma per fare regalo ad Alex, cosí ha detto...

Manrico le restituí il telefono. Si fece dettare il suo Iban. Le pagò trecento euro in contanti, specificando che si trattava soltanto di un acconto, e giusto per il disturbo. Avrebbe provveduto a un bonifico immediato. Lei ringraziò e si mise al volante.

– Se serve ancora, mi chiami, per favore.

– Sicuramente, – la rassicurò Manrico.

Si mise in costume e scese in spiaggia, indignato. Sua madre sorseggiava un Martini sotto l'ombrellone. A pelo d'acqua, Alex era immerso in una fitta conversazione con una biondina dai lunghi capelli vaporosi.

– Mamma!

– Figlio.

– Mamma, tu ti sei fatta dare il cellulare da quella povera donna.

– Non è una povera donna. Fatma è una persona sensibile e istruita, parla benissimo il francese, meglio dell'italiano di sicuro, è stata un po' sfortunata con gli uomini, ma a quale donna non è capitato di commettere errori...

– Il punto non è questo. Tu le hai detto che il tuo telefono era rotto, ma è una menzogna. Tu non hai un cellulare!

– Cosa avrei dovuto dirle, che non ho un telefono perché mio figlio me lo ha confiscato?

– Io te l'ho confiscato perché tu sei un'incosciente!

Un'incosciente, una ludopatica. Le aveva provate tutte, Manrico. Terapie di sostegno, divieti, interdizioni, farmaci. Tutto inutile. Il demone andava e veniva. E quando meno te l'aspettavi, colpiva. Si era giocata la casa, la villa, una quadreria rinascimentale... E ora anche approfittare di un'anima candida...

– Quanto le hai fatto spendere?

– Ma non saprei...

– Mamma, ti prego!

– Mille...

– Saranno come minimo duemila.

– E cinquecento, per essere sincere.

– Come devo fare con te...

Per tutta risposta, la contessa gli affibbiò la coppa col Martini, e si alzò agile dalla sdraio.

– È davvero triste quando i figli si rivolgono con tanta acredine a chi li ha messi al mondo!

Piú tardi, Manrico fece un bonifico di quattromila euro a Fatma. Il conto era cosí, in pratica, agli sgoccioli. Era avanzata qualche scultura da vendere. Una collezione di libri antichi. Poco altro.

Era esasperato, avvilito.

Era uno di quei momenti in cui cominciava a credere di aver semplicemente sbagliato esistenza.

Chiamò Stefania. Chiamata rifiutata. Ritentò. Stesso esito. Scrisse un messaggino spiritoso, ma si astenne dall'inviarlo. Controllo. Controllo.

Nemmeno Rossini e Mozart riuscivano a consolarlo. Era in una fase tra la *Lucia* di Donizetti, la *Bohème* e la *Butterfly*. Con una nuance della morte di Isotta. Eroine preda della piú nera disperazione.

Mentre cercava di smarrirsi in una falce di luna calante, ricevette un sms di Gaspare Melchiorre.

«Riunione da me alle 9. Con i Servizi».

Manrico non poteva saperlo, ma era solo l'ouverture di una nuova, stravagante partitura.

21.

Il video durava meno di un minuto. L'inquadratura fissa, probabilmente, anzi, sicuramente catturata da una telecamera di sorveglianza, mostrava l'ingresso del ristorante *Controcorrente*. L'orario – cifre scorrevoli in basso a sinistra dello schermo – indicava le 23.48 del 19 luglio. Il giorno precedente l'avvelenamento di Micheli e di Marini. Entrava in campo un Suv bianco. Andava a fermarsi sotto un lampione che permetteva di leggere alla perfezione la targa del Corpo diplomatico. Dal Suv scendeva un uomo vestito di scuro. Si piazzava accanto al lampione. Se ne riconoscevano benissimo le fattezze. Era Borisov, il russo. Passavano alcuni secondi. Dal ristorante usciva chef Marini. Lui e il russo si stringevano la mano. Il russo si guardava intorno, poi estraeva dalla tasca un mazzetto di banconote. Piuttosto corposo. Lo consegnava a Marini, che, dopo aver contato rapido, intascava. Nuova stretta di mano. Lo chef rientrava nel locale. Il russo montava sul Suv che ripartiva, riprendendo la via dalla quale era arrivato.

Manrico staccò il naso dal Pc di Gaspare Melchiorre e fissò il procuratore e Stefania Baldini, seduti sul divano rosso nell'ufficio di Melchiorre. Lei indossava un tailleur fucsia, e appariva fresca e spigliata come sempre. Niente sguardo di ghiaccio, però. Semmai, una lieve sfumatura d'ironia.

– Questo video dimostrerebbe… – Manrico lasciò la frase in sospeso.

Stefania depose la tazzina di caffè che sino a quel momento aveva sorseggiato, o finto di sorseggiare.

– Borisov paga Marini, è evidente.

– E quindi?

– Si accordano per quello che accadrà il giorno dopo.

– Vale a dire?

– Su, Manrico, – il procuratore sembrava aver fretta di arrivare alle conclusioni, – a me pare evidente. Il russo ha pagato lo chef per avvelenare il colonnello. E poi sempre il russo ha avvelenato lo chef per cancellare le tracce…

– E perché lo avrebbe fatto?

– Purtroppo, il colonnello Micheli era un traditore.

Stefania Baldini disse queste parole fissando Manrico negli occhi. Nello sguardo un'intensità inedita. Il contino ne fu colpito. Come se avesse voluto dirgli: credimi, è meglio per tutti.

– Micheli era gay, – riprese Stefania, – e ce lo aveva nascosto. Se ce lo avesse detto subito, per noi non sarebbe stato un problema…

– In un'altra circostanza, – s'inserí Manrico, – ci erano state date informazioni diverse…

– Quale altra circostanza?

Gaspare Melchiorre era interdetto. Manrico si rese conto di aver alluso a una conversazione privata. Doveva controllarsi meglio. Provvide la Baldini a rimediare alla gaffe.

– Non potevamo dire tutto, l'inchiesta interna era ancora in corso.

– E ora sapete tutto, invece.

– Manrico, perché sei cosí sarcastico? La dottoressa, qui, ci sta fornendo la piú ampia collaborazione.

Per la miseria, sarcastico! Furioso, era. Furioso, e stanco di essere preso in giro da quella compagnia di saltimbanchi!

– Sí, sappiamo tutto, – annuí Stefania Baldini, – temendo di essere ricattabile, Micheli si è venduto ai russi. Ha passato informazioni purtroppo molto rilevanti per la sicurezza nazionale. Ovviamente, non posso dirvi quali...

– Ci mancherebbe! – si affrettò il procuratore.

– Quando ci siamo resi conto di quanto stava accadendo, abbiamo deciso di intervenire, ma a quel punto era già troppo tardi. Borisov doveva aver subodorato qualcosa, e ha agito.

– Ha pagato Marini, però poi lo ha eliminato, – ripeté Melchiorre.

– Coi funghi allucinogeni e poi quelli velenosi, – Manrico faticava a trattenere una risatina offensiva.

– Un tocco di classe, un po' di teatro, una cortina fumogena, – lasciò cadere Stefania.

– Ma i russi non erano quelli del polonio, degli ombrelli avvelenati...

– Lo spionaggio a certi livelli, – motivò Stefania Baldini, tono da maestrina che rischiò di far esplodere Manrico, – è l'arte di arrangiarsi. Si fa quel che si deve con ciò che si può usare. Massimo risultato con il minimo dispendio di energie. Dove andava a trovarlo, il polonio, Borisov, a Roma, oggi? Ma i funghi erano lí sotto mano...

– E secondo voi, – Manrico non intendeva mollare, ma l'amarezza stava prendendo il sopravvento, – come diavolo avrebbe fatto Borisov a far inghiottire a Marini l'*Amanita Falloide*? Capisco il piatto avvelenato al colonnello, ma lo chef...

– Questo toccherà alla magistratura accertarlo, – ora era Baldini ad apparire beffarda.

– Anche se, – si sentí in dovere di sottolineare il procuratore, – visto che il russo non ce lo daranno mai e lo chef è morto... prevedo un'archiviazione in tempi rapidi...

Non c'era nient'altro da aggiungere. Manrico chiese che gli fosse inviata copia degli atti, incluso il video.

– È già sulla sua scrivania, dottor Spinori.

E ancora quello sguardo di Stefania, quella muta invocazione: credimi. Fidati. Al diavolo!

Manrico riesaminò il video con Orrú e Deborah Cianchetti. La sarda era quanto mai sospettosa.

– Ci sono cose che non tornano, dottore.

– E sarebbero?

– Abbiamo fatto un controllo delle telecamere di sorveglianza, e non risultava niente. Cioè, questa camera, – e puntò l'indice in alto sull'immagine, – questa che dovrebbe aver fatto la ripresa... Be', quando abbiamo fatto il sopralluogo risultava inattiva.

– I Servizi, – commentò, lapidaria, Cianchetti.

– Può darsi. Ma il russo che si mette sotto il lampione, la targa che si vede in modo cosí chiaro... Quando mai le immagini di queste trappole sono tanto nitide, precise?

– Tecnologia dei Servizi, – insistette Deborah, sul depresso spinto.

– E soldi, – Gavina Orrú, se intignava, non c'era obiezione che tenesse, – non ne abbiamo mica trovati, eppure perquisizioni ne abbiamo fatte...

– E allora, Gavina? – Manrico cominciava a capire.

– Io vorrei dare un'occhiata.

– Potrebbe essere un falso, secondo te?

– Non lo so, ma un controllo ci sta tutto.

– Gavi', – Deborah scuoteva la testa, – col dottore eravamo arrivati a una conclusione: se ce l'hanno con lo chef, non si capisce che c'entra il colonnello. E se ce l'hanno col colonnello non c'entra lo chef. Ci sembrava logico. Ma adesso… adesso questi qua ce spiegano che c'era uno che ce l'aveva co' tutti e due, lo chef e il colonnello… e il cerchio si chiude… eh, Gavi'?

Ma Gavina non la stava a sentire. Era immersa nella rete. Non stava però passando ai raggi X il video del presunto mandato omicida. La sua attenzione era stata catturata da un'ultima ora di 'NDOSPIOSPIO.

> HANNO FATTO IL SERVIZIETTO AI SERVIZI – il colonnello gay, il russo intraprendente, lo chef gargarozzone. Si infittisce l'intrigo internazionale all'amatriciana…

22.

Manrico faticava a prendere sonno.

Dopo un'estenuante discussione in terrazzo – con lui che cercava di spingere il figlio ad aprirsi, e il ragazzo a contrapporre mozziconi di sillabe e la piú classica prossemica passivo-aggressiva – aveva convinto Alex a raggiungere la madre e il suo nuovo compagno nel continente a stelle e strisce. Un cambiamento gli avrebbe giovato. Su questo punto l'accordo con la sua ex era totale. Sí, un cambiamento avrebbe giovato ad Alex. Anche se restava aperta quella questione spinosa: se si fosse dimostrato, crescendo, davvero cosí simile a lui, il ragazzo sarebbe stato altrettanto… irrisolto? L'aggettivo gli era sembrato il piú appropriato, dopo che in un rapido esame di coscienza aveva scartato «superficiale» e «infelice». Superficiale perché non aveva mai affrontato la vita con la leggiadria di certi fortunati, le cui giornate scivolano con ammirevole destrezza fra lutti, giubilo e catastrofi senza lasciare segno alcuno – per caso, gli era venuto in mente Gaspare Melchiorre. Su di lui, invece, segni e cicatrici incidevano, e degli uni e delle altre si sforzava di fare tesoro. Ma non al punto da riportarne ferite inguaribili. Per questo non avrebbe potuto definirsi «infelice». I momenti belli non erano mancati, e non gli era mai dispiaciuto procurarsene. Anche a costo di cedere a un'infedeltà di fondo che gli era costata la fine del matrimonio. Ma era poi proprio andata cosí, con

Adelaide? La loro era stata una separazione soft, niente a che vedere con i drammi, intessuti a volte di farsa e di tragedia, con i quali erano chiamati a confrontarsi ogni giorno i colleghi della sezione famiglia. Una volta, una di loro, donna sensibile e assai credente, gli aveva detto che se lui e Adelaide non erano finiti a coltellate era perché non si erano mai amati. Era assolutamente falso. L'amore c'era stato, eccome. Ma a un certo punto, come molte belle cose della vita, era finito. Ci voleva tanto a capirlo? Un legame doveva restare indissolubile per l'eternità, a pena di liti, lacerazioni, traumi e in qualche caso morte? Non si era mai occupato della materia, e aveva giurato a sé stesso di tenersene alla larga. Sí, irrisolto era l'aggettivo adatto.

Irrisolto. Come il caso del doppio avvelenamento.

La soluzione prospettata dal procuratore e dai Servizi non lo convinceva affatto. Il tutto aveva un sapore macchinoso, artefatto. Però alcuni dati erano incontrovertibili. Il russo e i suoi contatti con il colonnello Micheli. Chi altri avrebbe avuto interesse a eliminare l'ufficiale? Chi lo aveva ricattato se ne era servito e poi non aveva voluto lasciare tracce, ovvio. Ma i funghi? Chef Marini era l'unico procacciatore e custode dei funghi. E come aveva fatto Borisov a eliminare lo chef? Con i funghi, poi. Non c'era spiegazione. Ah, perché esistevano alternative? Sia lui che Cianchetti si erano accesi d'interesse per l'ipotesi di un attentato – chiamiamolo cosí – ai danni di Marini. Quando era emerso che non si trattava di uno stinco di santo, come avevano voluto far credere i suoi collaboratori, ma di una personalità quanto meno discutibile. Ma nello schema non rientrava il colonnello. E quindi, stallo. Stallo, e il tradimento dell'opera.

Forse era giunto il momento di fare i conti con la realtà: questo suo mantra dell'opera che aiuta a risolvere il caso... Be', magari era soltanto un'ossessione, o chissà, peggio, la rimembranza di un pensiero magico, infantile. Non era forse un *Flauto magico* con burattini, visto al teatrino Verde quando ancora andava alla materna, il primo ricordo legato alla musica? Prima ancora che Elena l'inflessibile lo deportasse, in calzoni alla zuava e cravattino, alle pomeridiane domenicali del Teatro Costanzi? Favole, mitologia.

L'indomani avrebbe interrotto le intercettazioni. Avrebbe scritto la relazione che tutti invocavano. Tutti. Tranne forse il compagno di Micheli. Che aveva rilasciato una nuova dichiarazione alla stampa (parlare coi magistrati, Dio ne scampi, eh!) Però... Risentire Lapo Viti. Poteva essere il pretesto per prendere un po' di tempo. Ma prima o poi...

Riprovò con Stefania. Utente non raggiungibile. Era stato dunque raggirato? Si era illuso, e non aveva mai avuto davvero il controllo della situazione?

Era un Manrico rassegnato, quello che entrò in ufficio alle nove in punto di quel martedí dal cielo gravido di nubi che minacciavano un'auspicata tempesta di pioggia. Non poteva immaginare che ad accoglierlo avrebbe trovato una Orrú sul piede di guerra.

Addirittura raggiante.

Anche Deborah Cianchetti era in preda ai piú cupi pensieri. Vero, Diego Cosenza era stato di parola, e aveva ripreso a telefonarle con regolarità. Era sulle tracce di una cosca pugliese in affari con contrabbandieri montenegrini e kosovari. Una volta traghettavano di qua dall'Adriatico carichi di «bionde», ora i superscafi truccati portavano roba. Quando andava bene. Altrimenti, armi e tritolo. Come Spinori, pure lei era convinta che la ricostruzione ufficiale zoppicasse. Ma, a differenza del contino, aveva deciso di prenderne pragmaticamente atto. Quando mai, del resto, un caso non presentava qualche zona d'ombra? Quando mai non c'erano piccoli dettagli che non combaciavano, piccole distorsioni del quadro d'insieme che risaltavano come macchie su un tessuto immacolato? Ma non per questo la macchina della giustizia si fermava. La perfezione sta nei romanzi gialli. Ricordava il monito di un giudice e scrittore che una volta aveva tenuto un corso alla Scuola superiore di polizia. L'avevano accolto con notevole diffidenza. Come uno che pretende di insegnare il mestiere a chi ne sa piú di lui. Ma era anche la diffidenza dello sbirro per il giudice. Lavorare con il contino aveva un po' smussato gli angoli. E, indubbiamente, nelle parole di quell'insegnante improvvisato c'era un fondo di verità. Nella stragrande maggioranza dei casi, quel che appare a prima vista stonato o inspiegabile si riesce, strada facendo, a giustificare. O si dimostra irrilevante: perché subentrano altri dettagli decisivi, o perché una confessione risolve tutto. Magari, anche stavolta andrà cosí... Oppure no. Stavolta non sarebbero arrivati i nostri. Niente lieto fine. Quindi rabbia, perché chi mai accetta di perdere, e rassegnazione.

Cosí, quando Marta Greco le telefonò per comunicarle che aveva «grandi novità per lei», la poliziotta rispose con un «sí» a mezza voce, che lasciò interdetta l'interlocutrice.

– Ma come! Io a momenti mi faccio licenziare per te...

– Per me?

– Ma sí, la lettera anonima, che poi non era una lettera, perché, scusa, pure te, ma al giorno d'oggi chi è che scrive lettere anonime... Era una mail!

– Ah.

– Eh! Insomma, l'ho rintracciata, e...

– A Marta, lassamo perde. Ti ringrazio, ma il caso in pratica è risolto...

– Ma dài! – La ragazza era eccitata. – E io che pensavo di aver trovato chissà cosa...

– Vabbe', grazie, te devo un favore.

– Figurati, – e chiuse la comunicazione, delusa.

E anche Deborah era vinta e convinta, quando entrò in ufficio in contemporanea col Pm, in quel martedí che se c'è giustizia a 'sto monno, doveva veni' giú come Dio comanna, e daje un carcio a 'sta callaccia del ciufolo... Non poteva immaginare che ad accoglierla avrebbe trovato una Orrú sul piede di guerra.

Addirittura raggiante.

– È falso, – proclamò la sarda.

– Ma che? – Deborah era stupita di tutto quell'entusiasmo.

– Il video. Quello col cuoco e il russo. È un fake.

– Ne è sicura? – anche Manrico era stato colto in contropiede.

– Venite con me.

Si allinearono dietro lo schermo del Pc dell'esperta informatica della squadra. Gavina Orrú cominciò a smanettare. Si aggregò anche Brunella.

– Ecco. Questo è il video che ci hanno mandato... Si vedono l'ingresso del ristorante, lampione, arrivo del Suv, discesa del russo, uscita del cuoco... Che, scusate, ma a me questo «chef» mi ha un po' rotto, eh... consegna del denaro, ripartenza... Ecco, e ora guardate qua...

Clic. Altro *clic*. La stessa scena, ma senza chef Marini. Tutto identico e preciso. Lampione, ingresso, Suv, discesa del russo. E un effetto surreale: il russo estrae il denaro e il denaro scompare. Come se inghiottito dall'aria. O prelevato da un fantasma.

– Ma che...

– Aspetta, Deborah, aspetta...

Nuovo *clic*. Nuova sequenza. Ma senza il russo. Lampione, ingresso, uscita dal locale di chef Marini. Ma niente Suv e niente russo. Denaro che compare dal nulla e nel nulla rientra.

– Dài, Gavina, ma come...

– Ha lavorato tutta la notte, Deborah, – s'inserí premurosa Brunella, – guarda che occhiaie ha!

Clic. Inquadratura fissa. Ingresso, lampione. Niente presenze umane. Di colpo compare una mazzetta di banconote. Sembra fluttuare nell'aria. Scompare. Ricompare.

– Ha fatto tutto lei, Gavina? – Manrico era sinceramente impressionato.

– Mi sono divertita con l'intelligenza artificiale, – ammise la sarda.

– Quindi il cazzo di video è falso! – sbottò Deborah.

– Potrebbe esserlo.

– In che senso potrebbe esserlo? – Manrico era piú che mai colpito.

– Nel senso che quello che ho fatto io può farlo chiunque abbia una certa mano, ma la certezza...

La certezza! Quanti dibattiti aveva sostenuto Manrico sul tema della certezza! Era mai esistita, nel mondo della legge, la certezza? Un tempo eri «certo» che Tizio avesse ucciso Caio se, portato davanti al suo cadavere, quello buttava sangue. Si chiamava *iudicium sanguinis*, e fior d'intellettuali avrebbero giurato sulla sua validità. La certezza! Per questo gli antichi romani, che erano saggi, si accontentavano di molto meno: *id quod plerumque accidit*, è cosí che va di solito, e se non trovo altre spiegazioni, è cosí che è andata anche stavolta…

– Come hanno fatto, Gavina?

– Può essere stata usata una telecamera diversa da quella della strada, che io avevo visionato e dalla quale non risultava niente… Ma potrebbero aver cancellato immagini che non servivano… potrebbero averle anche sovrapposte, come ho fatto io…

– Servirebbe… come se chiamano, Gavina, – Cianchetti era infiammata, – i file originali?

– Potrebbero non esistere. Potrebbe essere tutto un artefatto di laboratorio.

– E non c'è proprio modo?

– Al momento posso dire che… c'è qualcosa che lega tutti i video, quelli che ho realizzato io e quello che ci hanno mandato…

– L'inquadratura fissa, – suggerí Manrico.

– Giusto, dottore, – approvò Gavina, – quelle non cambiano. E se vedete bene qui… – un cerchietto rosso comparve in alto a destra dell'inquadratura, delimitando una specie di ombreggiatura che sembrava percorsa da un vago tremolio, – si direbbe la proiezione di… una foglia, credo, o il piccolo ramo di un albero mosso da un lieve venticello… È un elemento che per essere riprodotto richiede una notevole dose di bravura, piú facile che sia autentico… Se cosí fosse, apparterebbe a un'inquadratura fissa reale, sulla quale poi l'intelligenza artificiale riesce a innestare altre immagini…

– Ma guarda 'sti fiji…

– Sí, Deborah, ma potrebbe anche essere una scena ripresa davvero. Con un po' piú di tempo, e lavorando di fino, potrei arrivare a capire se ci sono punti di sovrapposizione fra le figure umane e l'ombreggiatura... qualche distorsione... ma roba infinitesimale...

– Ahò, ma allora... me state a di' che in pratica nun se distingue piú il falso dal vero?

– La verità è sopravvalutata, – mormorò Manrico, ricordando la battuta di Stefania Baldini. Forse non era solo una battuta. Forse era un segnale...

Cianchetti, Orrú e Brunella si scambiarono un'occhiata perplessa. Che voleva dire il contino?

– Penso, – chiarí lui, – che una giuria andrebbe in confusione...

– Eh, – lo rimbeccò Deborah, – ma gli spioni giureranno che è tutto vero...

– Non ho detto che li chiameranno bugiardi, Deborah. Ma che dubiteranno...

– E quindi?

– E quindi... e quindi dovrebbero immaginare che questa prova potrebbe rivelarsi debole...

– Ma se è debole, dotto', perché servircela su un piatto d'argento?

– Non lo so. Ma forse vuol dire che non sono sicuri... non lo so. Perché ci tengono tanto a chiudere questa storia con le accuse al russo e allo chef?

– E noi? – s'inserí Orrú.

– Noi abbiamo un ottimo motivo per andare avanti. Le intercettazioni continuano. Convochiamo Lapo Viti e gli amici del ristorante. Nuovo giro di interrogatori. Proviamo almeno a dimostrare che non ci facciamo fregare dai loro trucchetti...

E su questa battuta di Manrico, mentre Orrú e Brunella si scambiavano il cinque, Deborah si dette una manata sulla fronte.

– La mail!

– Che mail, Cianchetti?

D'un fiato, un fiato apertamente autocritico, l'ispettora raccontò che c'era questa amica sua che aveva trovato la mail anonima che aveva sputtanato, pe' di', chef Marini, ma che lei, che se pensava che ormai il caso era chiuso, l'aveva cannata con malagrazia...

– E vabbe', recuperala, no? – esortò Orrú.

Deborah chiamò Marta Greco, si scusò, la pregò di inoltrare la mail. La ragazza fu freddina, poi la tensione si sciolse con la promessa di una pizza a distanza ravvicinata, e Deborah ricevette un WhatsApp. C'era lo screenshot di una mail che recitava:

Da: xxxxx
A: redazioneIREMANGI@remangi.com
Oggetto: Re: informazioni su chef Marini

Gentile redazione, volevo portare alla vostra conoscenza che chef Marini è un lurido bastardo pezzo di merda che ha bruciato la mano di un giovane che si chiama Ferruccio Musumeci per puro sadismo. Volevo che lo sapeste e pensaste che danno sarebbe per voi se la notizia diventasse di pubblico dominio. Io credo che farete bene a liberarvi di un simile personaggio.

Un amico

– Può risalire al mittente? – chiese Manrico.

– È oscurato. In questo modo non posso. E poi...

– E poi?

– Mi serve la mail originale, Deborah, – rispose lei, paziente, – dallo screenshot non posso risalire a nulla, ma la mail ha il suo Dna e posso dirti quando è stata spedita e da dove...

E cosí l'ispettora Deborah Cianchetti richiamò Marta Greco.

– La mail? Cioè proprio proprio la mail ti serve?

– Sí, Marta.

– Madonna! Guarda che già per avere quello screenshot non sai che m'è toccato fare...

– L'indirizzo è oscurato, tra l'altro.

– E mi hanno fatto un sacco di storie per la privacy... Senti, fate una richiesta ufficiale, io a questo punto...

– Ma quanto tempo ci metteremmo?

– Boh. I capoccia stanno in Texas.

– Marta... ti prego.

– C'è uno che me batte i pezzi... – sospirò la ragazza, – già ci sono dovuta uscire due sere, mo' anche quest'altra cosa...

Alla fine Marta cedette. Ci avrebbe provato. Le avrebbe fatto sapere appena possibile.

– Spero che non sarà costretta all'estremo sacrifizio, – chiosò Manrico.

Piú tardi, dopo aver rincuorato via telefono Camillo che era ancora alle prese con le paturnie di donna Elena, il contino non resistette alla tentazione di inviare un messaggio a Stefania Baldini.

«Hai ragione. La verità è sopravvalutata».

Lei rispose con una sequenza di punti interrogativi.

Lui eliminò la chat.

Poi, a notte inoltrata, si svegliò con il cuore in tumulto.

Aveva capito com'era andata.

Ma ancora non sapeva chi era stato. E perché l'aveva fatto.

23.

Brunella mentiva telefonicamente al procuratore Melchiorre: no, il dottor Spinori non era ancora arrivato. No, non sapeva niente di una relazione, ma sulla sua scrivania c'era alla firma una nota con la quale si chiedevano ai Servizi di sicurezza notizie su un certo video… Be', da quello che il dottor Spinori le aveva detto c'erano dei dubbi sull'autenticità del reperto… Sí, non avrebbe mancato di informare appena il dottore fosse giunto in ufficio…

Manrico, dopo aver ringraziato con un cenno del capo la segretaria, orgogliosa della sua abilità di depistatrice, spulciò con Cianchetti e Orrú la lista dei convocati. Si era convenuto di mostrare a tutti il video, sondando i rapporti fra il russo e chef Marini. Si aspettavano la conferma di una negatoria assoluta. Non si aspettavano l'ingresso di un trafelato carabiniere in borghese. Era un ragazzo altissimo, non avrebbe sfigurato in una squadra di basket.

Aveva i capelli corti, le guance arrossate dallo sforzo (e, Manrico ci avrebbe giurato, anche dalla timidezza, dopo aver posato il piede in quell'ufficio egemonizzato dalle ragazze) e brandiva un fascicoletto dalla copertina gialla.

– Buongiorno. Cercavo il dottor Spinori.

– Eccomi.

– Dottore, Bragadin Ottavio, carabiniere scelto, ai comandi!

E scattò sull'attenti. Cianchetti trattenne a stento una risatina di scherno. Ammazzate, li cugini! Po' casca' il mondo, ma un caramba se deve sempre fa' conosce. Orrú annuí. Brunella sentí che anche le sue guance s'imporporavano. Quel Bragadin era davvero un bel ragazzo. Forse un po' giovane per i suoi gusti, ma insomma...

– Dottore, – riprese, dopo che Manrico gli fece capire che poteva rilassarsi, – dottore, stamattina sono montato di turno alle intercettazioni...

– Ohi, succede qualcosa? – Alla parola intercettazioni, Cianchetti era scattata come il cane di Pavlov.

– Be', – bisbigliò Bragadin, – ho trovato questo brogliaccio di stanotte e mi è sembrato importante, e volevo sapere se secondo lei è il caso di procedere con le trascrizioni...

Manrico afferrò il fascicoletto. Nel brogliaccio, spesso compilato a mano, comparivano le sinossi delle telefonate ascoltate dagli operatori. Per lo piú le conversazioni erano irrilevanti. E in tal modo si procedeva ad annotare. Di quelle che potevano rivestire un certo interesse investigativo veniva redatto un breve sunto. Toccava poi al magistrato decidere se procedere alla registrazione o meno. Manrico lesse, annuí, condivise con Cianchetti e Orrú.

– Guarda guarda, – Deborah era eccitata, – finalmente si muove qualcosa!

– Bragadin, torni alla sala ascolto e ci inoltri il file della chiamata delle...

– 23.57, – declamò, pronto, il milite, – mi sono permesso di controllare... mi pare l'unica che ha un senso...

– Hai capito il pischello! – e questa era Deborah.

– Bragadin, – disse Manrico, con finto tono marziale, – si consideri proposto per un encomio.

– Ma dottore, io non ho fatto niente...

– Niente? – riprese Manrico, sullo stesso tono, – lei ha dimostrato di possedere intuito, e l'intuito è una dote investigativa formidabile.

Seeh, e mo' non esageriamo, pensò Deborah. E poi considerò che, forse, il contino stava sí lodando, ma con un filo d'ironia. E allora fu incline alla benevolenza. Perché, alla fine, il ragazzo avrebbe potuto mettersi in ascolto, annotare qualche frasetta, disinteressarsi… quel brogliaccio sarebbe stato esaminato magari a fine giornata, in maniera distratta, o fra una settimana, e invece lui aveva davvero colto il senso subito. Intanto Brunella se lo mangiava con gli occhi… Quando questa storia finisce, toccherà darsi da fare sul serio per trovarle l'omo…

– Comandi, dottore! E… grazie, dottore!

Bragadin rinculò tacchettando. Cinque minuti dopo il file era sul Pc di Orrú. Lo ascoltarono. Ci fu un breve conciliabolo. Manrico dette disposizioni. Brunella si affacciò nell'anticamera dell'ufficio e mandò via, fra le proteste, il compagno del defunto colonnello, e poi tutti i convocati. A eccezione di Zulian e della Bracco, che furono pregati di trattenersi. Orrú, intanto, tempestava di telefonate il Consiglio dell'ordine degli avvocati perché un difensore d'ufficio di turno fosse subito dirottato presso l'ufficio del dottor Spinori.

– Dice che lo stanno cercando, dottore. Ma è il 7 agosto, sarà un miracolo riuscire a trovarlo…

– Ci penso io! – Cianchetti si mise in caccia.

Passarono dieci, quindi venti minuti. L'attesa si faceva spasmodica. Orrú continuava a telefonare ogni due minuti. Alla fine, dal Consiglio dell'ordine partí una segreteria. Ulteriore tappa nel tour degli orrori della giustizia, meditò Manrico: i turni d'ufficio.

Poi, finalmente, Cianchetti rientrò esibendo, a mo' di

trofeo, un giovane e spaurito avvocatino alle prime armi. Manrico si scusò per averlo requisito senza preavviso e lo pregò di attendere. Forse sarebbe servito, e forse no. In ogni caso, lo ringraziava perché stava rendendo un servizio essenziale alla giustizia, eccetera eccetera. Uno con piú pelo sullo stomaco se la sarebbe squagliata all'istante, magari simulando un impegno urgente. Ma quello era un cucciolo, e se la bevve. E Brunella, che per queste situazioni aveva una notevole sensibilità, ci aggiunse un tonificante caffè dalla macchinetta interna all'ufficio.

Manrico fece poi accomodare il capocameriere Zulian e la sommelier Bracco nella sua stanza. Cianchetti prese posto alla sua destra. Orrú si mise al computer.

– Vi ho fatti venire perché sarebbe utile ascoltare insieme questa conversazione, – esordí il Pm.

I due ostentavano calma. Solo un lieve alone all'altezza delle ascelle – la ragazza indossava una camicetta bianca e jeans attillati – tradiva un minimo turbamento nella Bracco. Zulian, in maglietta a maniche corte e calzoni bianchi, era impassibile.

– Registrazione delle 23.57, – scandí Orrú, – fra Bracco Doriana, chiamante, e Zulian Guido, ricevente.

– Ci avete intercettato! – Zulian simulava sdegno.

– Come se non lo sapeste, – commentò, ma a mezza voce, Cianchetti.

Manrico le fece segno di mantenere l'aplomb. La registrazione partí.

ZULIAN Pronto? Ah, Doriana, ciao, che...

BRACCO Guido, ciao, stavo guardando il Tg. Dice che archiviano.

ZULIAN Dori, ho sentito adesso, però queste cose meglio...

BRACCO Ma ormai è ufficiale! Anche alla Rai... Dice che è stato il russo, ha ammazzato il militare e pure Cesare, e quindi archiviano.

ZULIAN Dori, senti, cara, forse è il caso...

BRACCO E allora noi siamo fuori, capisci?
ZULIAN Doriana, non per telefono.
BRACCO Madonna (*piange*), Gui', non ce la facevo piú…
ZULIAN Doriana…
BRACCO Se lo sapevo come andava a finire quel pomeriggio dicevo di no, te lo giuro!
ZULIAN Ma di che stai parlando?
BRACCO Guido, cazzo, c'eri anche tu, c'eravamo tutti e tre! Però ce la caviamo, no?
ZULIAN Sí, sí, Dori, ascolta, adesso basta mantenere i nervi saldi e non fare cazzate, anzi…
BRACCO Non ci dovevo venire quel pomeriggio. Ve lo dovevo dire che eravate pazzi… eravamo pazzi…
ZULIAN Doriana, io devo andare.
BRACCO Ma è finita, no? A noi non ci possono fare piú niente, no? Ormai è finita…
ZULIAN Mi raccomando, nervi saldi, eh!
BRACCO Guarda che fino a mo' sono stata calmissima!
ZULIAN E anche con gli altri, mi raccomando…
BRACCO Oh, Dio, mi sento tutta sottosopra, Gui'… è meglio se mi calo uno Xanax.
ZULIAN Ci sentiamo domani, Dori.
BRACCO Sí, sí, buonanotte, buonanotte…

Fine della registrazione. Zulian una statua di ghiaccio. Bracco che si andava liquefacendo di sudore. L'anello debole era evidentemente lei. E quando vuoi lo scalpo, è dall'anello debole che devi cominciare: questo avevano insegnato a Deborah Cianchetti alla scuola di polizia.

– Allora, signora Bracco, – esordí Manrico, – riconosce questa conversazione?

– Noi…

– Non dire una parola! – scattò Zulian, inviperito. – Voglio il mio avvocato!

– Guardate che non siete mica imputati, – flautò il Pm.

– Magari, fra qualche minuto… – lasciò cadere là una perfida Cianchetti.

– Allora, – Manrico elargí alla madame sommelier uno dei suoi sorrisi rubacuori, – è lei che parla con Zulian, sí?

Bracco annuí.

– Una conversazione di lavoro, – s'inserí il capocameriere, – ora che questa terribile storia di morti si va risolvendo potremo riaprire il ristorante...

– Ma davero! – Cianchetti passò al tono beffardo, lesse: – «Se lo sapevo come andava a finire quel pomeriggio dicevo di no, te lo giuro!» «Guido, cazzo, c'eri anche tu, c'eravamo tutti e tre! Però ce la caviamo, no?» «Non ci dovevo venire quel pomeriggio. Ve lo dovevo dire che eravate pazzi... eravamo pazzi...» Allora? Stavate parlando di riaprire il ristorante, eh? E a che cosa doveva dire di no quel pomeriggio, signora Bracco? E chi sono i tutti e tre? E i pazzi? Eravate pazzi? Perché eravate pazzi, eh?

– Io non...

Con Bracco sull'orlo di una crisi di pianto, Zulian balzò in piedi.

– Questo è troppo, dottore, questi metodi non sono...

– Bene, non ha tutti i torti, signor Zulian, – concesse Manrico, pacato.

La furia smontata ridusse le proteste del capocameriere a un balbettio. Manrico si schiarí la voce.

– A norma dell'articolo 63 del Codice di Procedura Penale si sospende l'interrogatorio di Zulian Guido e Bracco Doriana essendo emersi potenziali profili indizianti a loro carico. Le dichiarazioni sin qui rese non saranno utilizzabili...

– Ecco, non utilizzabili! – chiosò l'inconsapevole Zulian.

A Orrú e Cianchetti sfuggí un sorrisino carognesco.

– Il Pm, – riprese Manrico, – invita quindi i predetti a nominare un difensore di fiducia, mettendo loro a disposizione, sin da subito, in qualità di difensore di ufficio, l'avvocato...

– Piranesi Baldino, – intervenne la sempre puntuale Orrú.

– Il Pm informa i signori Zulian e Bracco che si procederà nei loro confronti per i reati...

– Procedere? Reati? Ma quali reati...

La verità cominciava a farsi strada. Zulian impallidí e tornò a sedere, vacillante.

– Quali reati? – stava emergendo il lato oscuro di Cianchetti. – Abbiamo l'imbarazzo della scelta... False comunicazioni al Pm, perché ce state a racconta' 'na chilata de fesserie... Favoreggiamento degli autori del duplice omicidio in danno di Micheli e Marini...

– Omicidio, – disse piano Manrico.

– Omicidio! – strillarono all'unisono la Bracco e Zulian.

Manrico annuí, grave.

– Per la piú grave imputazione di omicidio, – riprese, implacabile, – il Pm dispone il fermo immediato degli indiziati di reato, avvisandoli che chiederà al Gip la custodia cautelare in carcere... L'ispettora Cianchetti, qui presente, curerà che quanto prima i fermati siano associati alla Casa circondariale di Rebibbia...

A questo punto scoppiò il prevedibile bailamme. Zulian si rialzò, e cominciò a urlare frasi minacciose all'indirizzo di Manrico. Deborah Cianchetti lo rimise a sedere bruscamente. Brunella entrò nella stanza, attirata dalle grida. Zulian si dibatteva. Cianchetti lo teneva incollato alla sedia schiacciandogli le spalle, risoluta. Orrú chiamò i rinforzi. Bracco afferrò un braccio di Manrico.

– È stato uno scherzo! Mi deve credere! Uno stupido scherzo... Noi non volevamo fare del male a nessuno...

– Stai zitta, gallina, cazzo!

Zulian era incontenibile. Cianchetti fissò Manrico.

– Cianchetti, lo porti via.

Deborah sollevò l'uomo di peso e lo trascinò fuori dalla stanza. Quello continuava a urlare insulti all'indirizzo della sua collega.

– Signora Bracco, se lei è davvero intenzionata a raccontarci come sono andate le cose, posso procurarle subito un difensore e prenderla a verbale.

– Io non voglio finire in prigione.

– Lei ci racconti tutto, e poi vedremo...

24.

PROCURA DELLA REPUBBLICA DI ROMA

Verbale di interrogatorio di persona indiziata di reato.

Il giorno 7 agosto 2019 alle ore 12.15, nell'ufficio del Pm dr Manrico Spinori è comparsa la sig.ra Bracco Doriana, assistita dal difensore, da costei nominato di fiducia, avv. Baldino Piranesi. Il Pm comunica alla sig.ra Bracco che è indiziata del delitto previsto e punito dagli artt. 61 n. 2, 81, 110, 575, 577 n. 3 CP perché, in concorso con Zulian Guido e altri al momento ignoti, cagionava la morte di Marini Cesare e di Micheli Vladimiro mediante la somministrazione a entrambi di un piatto di alta cucina contenente un quantitativo letale del fungo velenoso denominato *Amanita Falloide*. In Roma... Il Pm avverte l'indiziata di reato che ha facoltà di astenersi dal rendere dichiarazioni. L'indiziata risponde: intendo rispondere. L'interrogatorio viene videoregistrato a cura dell'ausiliaria di Pg dr.ssa Gavina Orrú.

PM Signora, mi racconti come è andata.

BRACCO Volevamo fare uno scherzo. Uno scherzo pesante, lo ammetto. Ma Cesare Marini era... era una persona pesante. Il clima all'interno del ristorante si era fatto irrespirabile. Dopo che non gli era stato rinnovato il contratto nel programma *I Re Mangi*, Cesare era diventato insopportabile. Già di suo aveva un caratteraccio, si arrabbiava per un nonnulla, era permaloso, dittatoriale... Sono consapevole io per prima che nella cucina deve esserci ordine, disciplina... e so che a volte si esagera... Quel povero ragazzo, per esempio, quel Musumeci... non era certo una cima, anzi, un po', come dire... era naïf, non so se mi spiego... però non meritava di essere trattato in quel modo... Ma Cesare quando gli prendevano i cinque minuti perdeva il lume della ragione. E anche con noi… Ma noi sopportavamo perché comunque in cucina ci sapeva fare, era un artista, ci ha insegnato tante cose, però, ripeto, da quando non lo avevano convocato piú per il talent era peggiorato molto…

PM Lei sa che il mancato rinnovo del contratto dipese da una mail con la quale un anonimo informava la produzione del fatto di Ferruccio Musumeci?

BRACCO Lo apprendo in questo istante. Non ne avevo idea. Certo non l'ho scritta io, quella mail.

PM E non ha idea di chi potrebbe averlo fatto?

BRACCO Se lo sapessi glielo direi, giuro. Posso pensare che… Il fatto comunque nell'ambiente si era risaputo. Voglio dire, non eravamo solo noi del ristorante a saperlo. E anzi…

PM E anzi?

BRACCO Credo che ci sia stata anche una certa solidarietà. Per Cesare, voglio dire. Alcuni apprezzano qualità come la fermezza e la decisione…

PM Anche la violenza, a quanto pare.

BRACCO Non lo so, dottore. Io in fondo mi occupo di vini. Però quell'aria la respiro, la respiriamo tutti. La concorrenza è feroce. Bisogna sempre essere innovativi, andare oltre i limiti… È questo il nostro mondo, lei sentirà sempre dire «Chi si ferma è perduto», insomma non c'è molto spazio per chi resta indietro…

PM Torniamo a Cesare Marini.

BRACCO A un certo punto ci siamo detti: ha esagerato! Dobbiamo dargli una lezione!

PM Ci siamo detti è generico.

BRACCO Eravamo io, Guido Zulian e Achille.

PM Achille sarebbe…

BRACCO Achille Bonetti, il tournant.

PM E gli altri?

BRACCO Quali altri? Eravamo solo noi.

PM Il personale del ristorante…

BRACCO Per carità! Sensini, Lima… sono bravi ragazzi, ma non c'è confidenza, sa, là ognuno è un po' per sé, tutta questa storia della brigata, la solidarietà, lo spirito di squadra… I camerieri, poi, un mondo a parte. Tranne Guido, si capisce, lui è della vecchia scuola… e poi Giovanni. Giovanni Donati. Il sous chef. Non ne parliamo proprio!

PM Perché?

BRACCO Perché se avesse solo intuito una cosa del genere, sarebbe corso frignando da Cesare a raccontargli tutto… Ha presente quei cagnolini fastidiosi che abbaiano per un nonnulla e se ne stanno sempre fra le gambe del padrone? Ecco. Giovanni è cosí. No, siamo stati attenti a non fargli capire niente!

PM Bene, eravate in tre. E qual era il piano?

BRACCO Abbiamo deciso di sputtanare Cesare. Di coprirlo di ridicolo.

PM Di chi è stata l'idea?

BRACCO Un po' di tutti, per la verità, non saprei essere piú precisa… è una di quelle situazioni in cui ci si eccita a vicenda… Pensavamo che facendogli fare una figuraccia avrebbe capito la lezione…

PM In che senso, mi scusi?

BRACCO Nel senso che avremmo dimostrato che anche lui, come tutti, poteva sbagliare, fare una figuraccia, insomma. Avrebbe subito un duro colpo. Forse avremmo dovuto chiudere il *Controcorrente*, ricominciare da qualche altra parte, non so, adesso mi sembra tutto cosí… cosí, assurdo…

PM Vuole che interrompiamo? Le faccio portare dell'acqua…

BRACCO No, grazie, andiamo avanti. Io non vedo l'ora che questa storia finisca…

PM Allora mi dica: in che cosa consisteva questa lezione?

BRACCO I funghi allucinogeni. Volevamo intossicare tutti i clienti che avrebbero ordinato quel piatto, Alice nel Paese delle Meraviglie. La *Psilocybe* è facile da procurarsi, si trova qua intorno…

PM Anche l'*Amanita*, se è per questo…

BRACCO Dottore, glielo giuro! Io non c'entro niente con quella roba! Noi volevamo solo fare uno scherzo… Achille ha procurato i funghi, lui conosceva benissimo il piatto, aveva aiutato Cesare a prepararlo decine di volte… gli è bastato mescolare qualche pezzettino di *Psilocybe*… Sarebbe scoppiato uno scandalo, tutti sballati, e alla fine gli avremmo detto: bello mio, datti una regolata, ricominciamo, oppure anche: ciascuno per la sua strada, ma una lezione, una lezione, quella sí, bisognava dargliela…

PM Secondo le nostre informazioni… mi rifaccio ai verbali dei precedenti esami… alla preparazione del piatto avevano contribuito lo stesso Cesare, poi Lima, Bonetti e Donati.

BRACCO Adesso non ricordo nel dettaglio, ma se l'abbiamo detto... al momento opportuno Achille si è occupato di aggiungere l'allucinogeno.

PM Mentre dell'*Amanita* lei non sa niente...

BRACCO Glielo giuro.

PM E se la sentirebbe di giurare sugli altri?

BRACCO Io... li conosco... Possiamo aver sbagliato qualcosa, possiamo essere stati accecati dal desiderio di sputtanare Cesare, ma uccidere... e quel povero colonnello, poi...

PM Ha altro da aggiungere?

BRACCO Dottore, le ho detto tutto.

PM Tenuto conto del leale atteggiamento processuale assunto dall'indiziata di reato, si dispone che il fermo prosegua con le modalità degli arresti domiciliari.

BRACCO (*piange*).

Fine della registrazione.

25.

Nel pomeriggio una vera e propria bomba d'acqua si schiantò su Roma. Manrico non ricordava di aver mai visto niente di simile, nell'infanzia. E nemmeno dopo. Questa instabilità atmosferica era l'ennesimo segnale da sottoporre ai negazionisti dell'allarme climatico. Sebbene fosse inutile farlo. La mentalità del complottista era oggetto di studi approfonditi. Sofisticati algoritmi cercavano di capire perché una marea crescente di individui si opponeva alla realtà in nome di credenze alle quali restavano testardamente abbarbicati anche quando la loro fallacia era sotto gli occhi di tutti. Sotto i loro occhi. Gli avi avrebbero detto: non c'è peggior sordo di chi non vuol sentire. Del resto, altri algoritmi, altrettanto sofisticati, quelle stesse credenze le alimentavano ogni giorno. Ma la tempesta aveva quanto meno portato un po' di refrigerio. Cianchetti entrò smadonnando sul far della sera. In costante contatto telefonico con Orrú, si era occupata degli arresti. Girovagando ore per Roma, aveva imbarcato ettolitri d'acqua. Ma gli occhi rilucevano ancora di furia guerresca. Orrú aveva lavorato ai decreti di fermo. Manrico aveva steso personalmente le richieste di convalida e contestuale custodia cautelare, in carcere per Zulian e Bonetti, ai domiciliari per la Bracco. Le ombre della sera si apprestavano a calare. Dalla vigilanza della cittadella giudiziaria avevano già chiamato due volte: ma quando si sarebbero decisi a chiudere l'ufficio e andarsene a riposare? Si rendevano conto che si avvicinava ferragosto? Brunella prestò a Cianchetti un piccolo phon da borsetta. L'ispettora prese ad asciugarsi i capelli. Il ronzio dell'apparecchio era abbastanza tollerabile.

– Bonetti s'è messo a piangere, quando l'hanno preso. Me l'hanno detto i ragazzi della Mobile. Secondo me, quello crolla e conferma ogni cosa.

– Domani lo sentiremo, – assicurò Manrico.

– Abbiamo sequestrato computer, cellulari e tutto quello che poteva servire.

– Domani ci saranno un mucchio di cose da fare, – e questa era Gavina Orrú.

– E ci saranno un sacco di reazioni! – profetizzò Brunella.

– Per il momento tutto tace, – osservò la sarda, – ho fatto un primo giro in rete, e non è uscito ancora niente.

– Strano, no? – disse Brunella.

– Dotto', – provocò Cianchetti, – ha parlato col procuratore?

– Lasciamo che sia lui a fare la prima mossa, – sussurrò, serafico, Manrico, e poi aggiunse: – Cianchetti, ho aspettato che lei ritornasse perché volevo condividere con voi tutte una mia idea…

Cianchetti spense il phon.

– Vedete, io credo di aver capito com'è andata. Almeno in parte… cominciamo dal fungo allucinogeno. Se prendiamo per buona la versione della Bracco…

– Per me è credibile, dottore, – Orrú era convinta.

– Anche per me. Dicevo… se prendiamo per buona la versione della Bracco, tre persone stanche di essere angariate da una specie di dittatore decidono di punirlo e allo scopo alterano uno dei suoi famosi piatti per fargli fare una figuraccia… ma in quel piatto ci finisce pure una dose di un diverso fungo. Mortale.

– È stato uno di loro, chiaro, – il teorema Cianchetti era logico, – diciamo che uno de' sti tre è il cattivone… La Bracco collabora, e diamole il beneficio del dubbio. Restano il piagnone, Bonetti, e quello che se sente un duro, Zulian. Secondo me, è stato uno di loro due. E sapete chi? Quello che ha mandato la mail! E io me ce gioco la paga de du' mesi che è stato uno de loro. Uno che odia di piú degli altri…

– E se negano? – insinuò Manrico.

– E il colonnello? – rincarò la dose Orrú.

– Ah, – sbottò Deborah, – ma se stiamo ancora a carissimo amico, che è che ha capito, dotto'?

Manrico sorrise.

– Ho capito come ha fatto il fungo avvelenato a finire nel piatto del colonnello.

– E come?

– È stato Cesare Marini.

– Lo chef? – Deborah era delusa. – Cioè, c'hanno ragione gli spioni? Il russo e lo chef erano d'accordo…

– Non ho detto questo, – si affrettò a correggere Manrico, – seguitemi. Bracco, Zulian e Bonetti mettono un fungo allucinogeno nel piatto che molti clienti consumano… Ma il fungo mortale è soltanto in quello del colonnello…

– E quindi?

– E quindi… io penso che l'*Amanita* sia stata aggiunta a un unico piatto…

– E daje! – Deborah cominciava a stufarsi de tutte 'ste parole, – ma questo lo sappiamo. Il piatto del colonnello.

– No, Cianchetti, – la corresse Manrico, – il piatto d'assaggio di chef Marini.

– Eh?

Sguardo perplesso delle ragazze. Non lo seguivano piú. Manrico invocò calma.

– Cercherò di essere piú chiaro. Tre persone vogliono sputtanare, per usare il loro linguaggio, il detestato chef Marini. Una sola vuole ucciderlo. Non ha nessun interesse a provocare una strage, non è un terrorista o un pazzo fuori controllo. È un esaltato, certo, e odia Marini, ma è lui, solo lui, il suo bersaglio. Aspetta che i piatti con il fungo allucinogeno siano pronti, e poi mette l'*Amanita* sul piatto per l'assaggio destinato a chef Marini...

– Ce po' sta', – concesse Deborah, dopo una breve riflessione, – ma questo non spiega ancora il colonnello...

– Deborah, Gavina, Brunella... c'è un'informazione, un dettaglio che ci ha riferito il giovane Musumeci.

– Quello della mano bruciata.

– Esatto. Bene. Che cosa ci ha detto Musumeci?

– Che chef Marini, pace all'anima sua, era un bel pezzo de...

– Deborah, ci ha detto che era avaro. Avaro in modo patologico. Musumeci lo vedeva unire ai piatti destinati al servizio il contenuto del piatto che lui stesso aveva assaggiato... una cosa fuori da tutte le regole, nessuno chef degno del nome lo farebbe. Ma proprio perché era cosí taccagno, Cesare Marini aveva quest'abitudine...

– E quindi... no!

Deborah scuoteva la testa, oscillando fra ammirazione e perplessità.

– Ha una logica, – Orrú, fronte corrugata, faceva ricorso a tutte le risorse della sua mente analitica, – Marini mangia il fungo avvelenato e poi unisce il resto a un piatto... che finisce per caso al colonnello.

– Quel legame che i Servizi credono di aver visto, – aggiunse Manrico, – non è mai esistito. Abbiamo due omicidi: uno premeditato, e l'altro avvenuto per caso.

– Cioè, – Brunella aveva i brividi, – il piatto poteva finire a uno qualunque dei clienti…

– Però, – Orrú aveva un'ultima obiezione, – se chi voleva Marini morto è uno del suo giro, era al corrente della sua abitudine. Sapeva che avrebbe riciclato il piatto d'assaggio… o poteva prevederlo… Quindi, accettava il rischio di avvelenare un'altra persona… perché non si è disfatto del piatto avvelenato?

– Gavi', – rispose decisa Deborah, – e si vede che non ha fatto in tempo…

– Abbiamo, dunque, – concluse Manrico, – la risposta ad alcuni interrogativi. Sappiamo chi ha allucinato mezzo ristorante e come. Sappiamo come sono stati uccisi lo chef e il colonnello. Ma non sappiamo da chi.

– Quello della mail, dottore, non c'è altra soluzione.

– Ma la sua amica, Cianchetti…

– E che le devo dire? È sparita!

– A questo punto la mail va acquisita in via ufficiale. Un'altra incombenza di cui ci occuperemo domani. Non vorrei finire sotto processo per riduzione in schiavitú.

26.

Il giudice per le Indagini preliminari, questa volta, accolse tutte le richieste del Pm. Zulian e Bonetti, dal carcere, nominarono difensori di fiducia. Manrico autorizzò subito il colloquio con gli assistiti. Orrú si mise a preparare una richiesta «in bello stile» per convincere la produzione americana dei *Re Mangi* a inoltrare la famigerata mail. La proposta di Cianchetti – sequestro di apparecchiature e quant'altro in possesso della redazione – fu respinta in quanto troppo radicale, foriera di potenziali conflitti con i presumibilmente agguerriti difensori, nonché di polemiche sulla libertà di manifestazione del pensiero, eccetera eccetera.

Ma un argomento su tutti dominava la mattutina riunione.

Il silenzio stampa.

Era incredibile, ma il fermo dei tre sospettati, le dichiarazioni auto ed etero accusatorie di Doriana Bracco, il sospetto che la morte del colonnello non fosse collegata a un intrigo di spionaggio... di tutto questo non c'era traccia né sui giornali né sugli informatissimi media alternativi. Persino 'NDOSPIOSPIO non faceva cenno alla vicenda: l'apertura del sito era dedicata a una sapida vicenda di corna che coinvolgeva una nota coppia di influencer e un cantautore osannato dalla gioventú.

– E se vede che se so' ricordati del segreto istruttorio, – fu l'acido commento di Cianchetti.

– Quelli? – Orrú era ancora piú acida. – Sai come diceva mio nonno? C'è gente che non la perdona nemmeno a Gesú Cristo. Ecco. Quelli cosí sono…

– Può darsi che le fonti si siano inaridite, – osservò timida Brunella.

– E può darsi che dipenda da una scelta precisa, – tagliò corto Manrico.

– Gli spioni, – tradusse Deborah.

Manrico annuí. Da un lato, il silenzio di una stampa di solito ben informata. Anzi, se vogliamo, imbeccata. Dall'altro, l'eclissi di Gaspare Melchiorre che, dopo aver assediato il contino ai confini dello stalking, all'improvviso era scomparso. Non poteva trattarsi di una coincidenza. E nemmeno il silenzio di Stefania poteva essere una coincidenza. Ma Manrico sentiva di essere vicino alla soluzione. A questo punto, era quasi un fatto personale.

– Credo che stiano valutando gli sviluppi, – azzardò, – l'atteggiamento che gli conviene tenere…

– E ce credo! – Cianchetti era decisamente soddisfatta. – C'hanno ammollato una fregnaccia grossa quanto 'na casa, un video fasullo, e noi gli abbiamo servito una verità vera e pure la confessione di un colpevole!

– Sí, hanno fatto una figuraccia e adesso staranno tentando di correre ai ripari, – Orrú concordava.

Per quanto l'inchiesta sui lavoratori del *Controcorrente* fosse di sicuro una pista piú solida, Manrico non era del tutto convinto che fosse in atto una ritirata strategica dei Servizi. C'erano ancora molti punti oscuri da chiarire. Erano riusciti a ricostruire la dinamica della morte del colonnello, la dinamica piú plausibile, almeno. Ma l'identità dell'avvelenatore restava ancora avvolta nel mistero. I Servizi stavano solo prendendo tempo. Forse meditavano qualche altra mossa a sorpresa. *Timeo Danaos*, e quel che segue. Manrico si stava chiedendo se interrogare di nuovo la Bracco – ulteriori particolari potevano giovare alla ricostruzione dei fatti – quando ricevette una chiamata sul cellulare. Era l'avvocato D'Angelo. Assisteva Bonetti. Il suo cliente chiedeva di essere sentito al piú presto.

– *Off the record*, dottore: vuole parlare.

– Arrivo, avvocato.

– La rete se comincia a riempi' de pesci, – commentò Cianchetti, fregandosi le mani.

Uno dei vantaggi dell'estate romana è il crollo del traffico. Non piú il deserto di quando Manrico era all'inizio della professione e gli toccava il turno feriale. Ma venti minuti per raggiungere il carcere di Rebibbia da piazzale Clodio erano comunque un bel vantaggio.

In principio glielo assegnavano in quanto «burbetta», ragazzo alle prime armi, per dirla col gergo di caserma. Poi ci si era fatto assegnare su sua richiesta.

«E te credo, furbacchione, – aveva commentato un collega anziano, – con quella villona sul mare che c'hai a due passi...»

Ma la verità era che a fine luglio e in agosto, con gli uffici deserti, il lavoro assumeva, ai suoi occhi, un fascino inconsueto. Quei corridoi vuoti nei quali era raro imbattersi in qualcuno, se non in un'altra anima errabonda... E non solo il lavoro. Era la città stessa a trasformarsi. La bellezza di quelle piazze svuotate di gente con il loro sentore dechirichiano, l'incanto dei suoni ovattati di parchi e vicoli tortuosi che sembravano recuperare, grazie alle assenze umane, un respiro quasi sacro... E, infine, la sensazione di onnipotenza, quasi beffarda: mentre la porca umanità si sollazza e gode, io qui son l'unico che gode del privilegio di far qualcosa. Snobismo e masochismo che si tengono per mano...

– Dotto', – chiese, la voce sopra le righe, eccitata come sempre quando sentiva avvicinarsi la soluzione di un caso, – so' anni che vengo qua e me domanno ma chi sarà 'sto Bartolo Longo che gli hanno intitolato la via del carcere...

– Era un beato, Deborah. Un benefattore, un credente, fondatore di un famoso santuario a Pompei.

– Chissà come l'ha presa, co' tutti i gentiluomini che stanno a collegio...

– Be', in quanto uomo di carità avrà apprezzato.

– Eh già, 'a rieducazione e compagnia cantante... perché le persone cambiano, no? Seh seh...

L'avvocato D'Angelo li aspettava nella sala colloqui. Era un vecchio professionista, affidabile e leale nei limiti in cui un avvocato penalista può concedersi di esserlo. Si era permesso, disse, di contattare anche il difensore del coimputato Zulian, che li stava raggiungendo.

– Intanto, sentiamo Bonetti.

Due agenti della penitenziaria introdussero il tournant. L'uomo non attese nemmeno che si espletassero le formalità di rito. Era impaziente di parlare. Confermò parola per parola il racconto di Doriana Bracco. Negò di aver spedito lui la mail di denuncia contro chef Marini. Pianse qualche lacrima che fece storcere il naso all'ispettore. Manrico espresse parere favorevole agli arresti domiciliari.

– Ammazzate, che canterino! Certo, dotto', che l'albergo Roma, come lo chiamano i coatti, fa miracoli, eh? – ironizzò Cianchetti, mentre aspettavano l'avvocato di Zulian.

– Non si faccia sentire, o ci accuseranno di uso distorto della custodia cautelare.

E magari pure de tortura, pensò l'ispettora, ma lo tenne per sé. Capace che il contino la prendeva male. Giunse infine il difensore del capocameriere. Confabulò brevemente col cliente, fece sapere che Zulian intendeva avvalersi della facoltà di non rispondere. Cianchetti verbalizzò.

Recuperarono i cellulari al posto di guardia. Cianchetti controllò il suo e lasciò partire un grido di trionfo.

– E vai! È arrivata la mail!

– Hanno fatto presto, gli americani.

– Macché, è l'amica mia… Ecco qua… la giro a Gavina. Sicuro che il tempo d'arriva' in ufficio e sapremo chi l'ha mandata…

La previsione di Deborah Cianchetti si rivelò corretta. Gavina Orrú era riuscita a risalire alla fonte della mail.

– È una lavanderia.

– Una che? Ma che stai a di'?

La sarda girò lo schermo del computer verso Manrico e l'ispettora.

> LAVASERVICE CLEANUP
>
> Avere sempre a disposizione una connessione a Internet è ormai una necessità di molti, e spesso, proprio per la mancanza di tempo, si sente la necessità di ottimizzare il piú possibile questa risorsa.
>
> Proprio per questo la lavanderia self-service CLEANUP mette a disposizione dei propri clienti un comodo Internet Point dove poter trascorrere il tempo mentre il bucato viene lavato e asciugato.
>
> Alla tariffa di solo 1,90 euro all'ora i clienti hanno a disposizione postazioni Internet completamente self-service, dove poter accedere in qualsiasi momento e in totale autonomia. Ogni postazione è dotata di un ampio monitor, webcam, card reader, Skype e accesso a ogni sistema di chat. Il costo è di 1,90 euro l'ora, frazionabile (quindi se si ha bisogno solo di 10 minuti il costo è di 30 centesimi circa).

– Quindi, Gavina, – Manrico cercò di riannodare i fili, – un cliente della lavanderia si è attaccato a un Pc e ha inviato la mail… Dunque, abbiamo il suo account, no?

– Non è cosí semplice, dottore.

– Che altro ci manca, Orrú?

– Be', questa mail è stata spedita dal sito ufficiale della lavanderia…

– Cioè, il titolare della lavanderia… o chi la gestisce, diciamo, ha minacciato chef Marini? – Deborah era perplessa.

– Il fatto è che il titolare è una società che sta a Milano, – concluse Orrú, con un sussurro.

27.

In un pomeriggio se possibile piú afoso che mai, Deborah Cianchetti fissava sconsolata la saracinesca abbassata della lavanderia Cleanup. Era nel cuore del quartiere Prati, a pochi passi da piazza San Pietro. Il sole picchiava implacabile sui gruppetti di turisti che sostavano in una fila ordinata in attesa di accedere ai Musei Vaticani. Che la lavanderia fosse chiusa per ferie sino al 25 agosto lo aveva già accertato Gavina Orrú accedendo al sito.

Manrico non aveva la piú pallida idea di come funzionano quei luoghi. E ce credo, aveva pensato Deborah davanti alla candida confessione del Pm, te vojo vede, sor contino, colla cesta de panni sporchi a fa' a cazzotti co' 'na nigeriana co' tre ragazzini pestiferi... Cosa che a Deborah era capitata, insieme a qualche altra disavventura del genere, in un momento di crisi sentimentale con uno della palestra del Tufello... vabbe'. E non parliamo di Gavina, cosí precisa e ordinata, e di Brunella, che magari il bucato s'offriva di farlo al condominio intero... Era stata quindi Cianchetti a spiegare alla compagnia come andavano le cose in certi posti.

– Allora, primo: un gestore manco ce l'hanno. Di solito c'è una ditta che fa le pulizie, e qualcuno che cura la manutenzione degli apparecchi. Controlli, zero. Quando va bene, pagano un uomo de fatica che apre e chiude le serrande. Di solito uno straniero. Quasi sempre clandestino...

– Però questi hanno i Pc, – suggerí Manrico, – per attivarli bisogna registrarsi… In piú, il nostro mittente anonimo ha usato la mail dell'esercizio commerciale…

– E sono passati molti mesi, – puntualizzò Orrú.

– Insomma, non c'è niente da fare? – Il contino era avvilito.

A giudicare dall'espressione di Orrú, c'era da scommettere che neanche la sarda, a 'sto giro, poteva fare il miracolo.

Un estremo tentativo.

Ecco che cosa si poteva fare.

Un estremo tentativo. Come ai vecchi tempi, e con la consolidata tecnica del piedipiatti. Gambe in spalla e pedalare. Domande ai negozi vicini, informazioni sul campo, e magari un pizzico di fortuna… a volte capita…

Capitò. Capitò l'imprevisto.

C'era una pompa di benzina, anche questa self-service. Ma accanto alla pompa c'era un omino scuro scuro coi capelli bianchi. Un vecchio clandestino, e chissà che vita raccontavano quei baffi folti, quegli occhi sfuggenti e quella cicatrice appena accennata, ma perfettamente visibile, sotto l'occhio sinistro. Curioso, pensò Deborah, mentre aspettava che il tipo finisse di riempire il serbatoio a un automobilista di passaggio, curioso che le fosse germinata una simile riflessione. Di extracomunitari se ne contavano a bizzeffe, in Roma sacra capitale, ma era la prima volta che Deborah si fermava a considerarne uno in quel modo. Come una persona che aveva una storia. Sarà colpa del contino? Oh, e poi. Dice: benzinaio self-service, ma io te servo, e tu mi dài due spicci. Si avvicinò al vecchio non appena quello ebbe intascato il suo obolo, e gli domandò se sapeva quando avrebbe riaperto la lavanderia.

– Dopo vacanze, c'è scritto, – rispose l'uomo, perplesso. Ma che, non sapeva leggere questa donna?

– Sai se ci lavora qualcuno dentro?

– Non so –. Lapidario, sempre piú perplesso, diffidente. Ma poi decise che era meglio collaborare. Nella sua condizione di clandestino, non si sa mai con chi vai a capitare.

– Prova chiedi a Mohamed. Lui sa, forse.

– E dove sta 'sto Mohamed?

– Forse lui mangia panino e poi viene.

– Mangia panino dove?

Il vecchio indicò, con un gesto vago, un punto imprecisato in direzione della vicina piazza Risorgimento. Deborah si frugò in tasca e nelle sue mani comparve una banconota da cinque euro. La poliziotta la porse all'uomo.

– Senti, facciamo cosí: io mi metto là ad aspettare, – indicò il tavolino di un bar, con due sedie, – e quando vedi Mohamed tu mi fai un cenno e io arrivo. Va bene?

L'uomo fece segno di no. Non aveva nessuna intenzione di accettare. Mohamed era un fratello, ma soprattutto era uno dei capi della comunità, un uomo temuto e rispettato, aveva persino un regolare permesso di soggiorno. E lui aveva una famiglia da mantenere. Non voleva guai. Perciò incassò la testa fra le spalle e cercò di allontanarsi. Deborah lo afferrò per un braccio. A momenti mancava la presa: quello del vecchio era un arto secco, piccolo, quasi da bambino.

– Senti, bello, io non ho tempo da perdere.

Sventolò il distintivo.

– Hai capito chi sono? Sí? Bene. Hai un cellulare?

L'altro annuí, tremando.

– Ecco. Allora tu chiami Mohamed e gli dici che entro cinque minuti deve stare qua. Sennò prendo te e lui e vi porto tutti e due all'ufficio stranieri. Ci siamo capiti?

Furono sufficienti meno di cinque minuti perché si manifestasse questo Mohamed. Era piccolo, occhi brillanti, sorriso contagioso, un dente d'oro, molto piú giovane dell'improvvisato benzinaio. Indossava una sahariana e jeans. Briciole di pane erano rimaste attaccate agli angoli della bocca. Quando lo vide arrivare, l'uomo della pompa attaccò una litania lacrimevole nella sua lingua. Mohamed rispose con una frase secca. L'altro tacque. Mohamed si rivolse con deferenza a Deborah.

– Buongiorno commissario.

– Tu sei Mohamed?

– Questo è il mio permesso di soggiorno, – e dalla tasca dei jeans estrasse una custodia di plastica.

– Quello mettilo via. Senti, Mohamed…

– Mio amico Husain qui, – e indicò l'uomo piú anziano, che teneva gli occhi bassi e sembrava schiantato dalla paura, – è brava persona. Lui adesso non ha permesso, ma sta facendo carte, e dopo ferragosto lui… tutto in regola!

– Non me ne frega niente, – ribatté Deborah, dura, – io voglio sapere della lavanderia.

– Lavanderia? – Mohamed era sconcertato.

– Sí. Tu lavori là quando è aperta?

– Ah, capito, lavanderia! Cleanup, tutto service, anche Internet, – risata franca, da spot pubblicitario. Ma con un fondo di sfottò che a Deborah non era sfuggito. Okay, era sul campo, stava conducendo un'indagine, ma quel tipo era davvero simpatico. Co' quella faccetta da impunito.

Sí. Mohamed si occupava di pulire i locali la sera e al mattino, perché «non ha idea, commissario, quante schifezze lasciano turisti, specialmente americani». La cosa andava avanti da un anno, con reciproca soddisfazione: del resto, i padroni della lavanderia non si erano mai visti, solo mail e qualche telefonata. E soldi: perché nel pagamento erano corretti, ah, questo sí. Nel contempo, Mohamed si occupava della pompa di benzina, subappaltandola (ma il verbo non era suo: lui diceva «amico Husain dà una mano») quando era impegnato altrove. Gestiva inoltre con «cugino Mohammad, da non confondere con me, Mohamed, lui Mohammad», un minimarket aperto ventiquattr'ore su ventiquattro vicino piazza Cavour.

– E in questi giorni collaboro con agenzia di biglietti per tour di Vaticano.

– Ma famme capi': tutte 'ste cose fai?

– Famiglia hanno sempre fame, – rise l'impunito, – specie i bambini, sempre a dire papà fammi mangiare, fammi mangiare...

– Ascolta, Mohamed. Dalla lavanderia, qualche mese fa, è partita una mail...

– Tutti i giorni parte mail, c'è servizio, – rispose l'altro, con tono paziente, come per spiegare a un bambino distratto, – teniamo registro di chi affitta postazione, però dipende quanto tempo fa...

– Guarda che la mail è partita dalla lavanderia come lavanderia... cioè, voglio dire, dal tuo computer, chiaro?

– Io? Io mando tante mail...

– Questa mail è stata indirizzata a un programma televisivo.

– Televisione? Io pago canone...

– Mohamed, non si tratta di questo...

Ci volle qualche giro di parole di troppo, ma alla fine la situazione fu chiara. Qualcuno – e Mohamed escludeva di averlo fatto in prima persona – aveva spedito una mail di minacce usando il computer del gestore della lavanderia.

– Io non so niente di questo...

Ora l'uomo era preoccupato. Deborah era incline a credere alla sua buona fede. Che diavolo poteva entrarci un bangla tuttofare con *I Re Mangi*? Forse, qualcuno che lui conosceva gli aveva chiesto un favore, il permesso di usare il suo Pc, e lui aveva acconsentito...

Deborah prese il cellulare.

– Adesso ti mostrerò qualche foto. Tu mi dirai se hai mai visto una di queste persone, e se le hai mai viste nella lavanderia...

– Ma sai quante persone vengono là? Ogni giorno?

E che non lo sapeva? C'era bisogno che glielo ricordasse mister millemestieri, quanto stavano alla canna del gas? Ma al punto in cui erano... Cosí Deborah scrollò lo schermo finché non trovò le immagini che cercava. Oh, era improbabile, eh! Ma se fosse capitato, se fosse capitato... lei avrebbe scommesso su Zulian, l'irriducibile. Allora sí che il cerchio si sarebbe chiuso!

Perciò cominciò mostrando a Mohamed la foto di Zulian.

– Mai visto.

– Sicuro? Guarda bene!

– No, no, non mi dice niente questo.

Cianchetti era sorpresa. Passò a Bracco. Negativo. Bonetti. Negativo.

Un brillante teorema naufragava. Certo, tutto era molto labile. Chiunque dei tre potrebbe aver usato una sola volta, quella volta, il terminale della lavanderia senza essere notato da Mohamed, non era mica una guardia giurata, solo un immigrato che si dava da fare...

C'erano anche le foto del resto del personale del *Controcorrente*, camerieri, capipartita, lavoranti che non erano mai stati sfiorati dalle indagini. Hai visto mai. Con scarsa convinzione, mostrò pure quelle a Mohamed.

– Questo! Ah, sí, lui conosco bene!

– Questo quale?
– Questo qui.
– Ma sei sicuro?
– Al cento per cento! È quasi amico... abita qua vicino, porta vestiti, ogni tanto usa Internet... Aspetta, ora ricordo... lui una volta ha detto che non riusciva a collegarsi, ha chiesto «posso usare tuo computer», io ho detto sí, è amico... quasi, eh...

Alla poliziotta girava la testa. Se le cose stavano cosí, non avevano capito niente. O forse sí, ma avevano sbagliato bersaglio. E se pure... ma la prima cosa, la piú urgente, era mettere in sicurezza la prova.

– Devi venire con me in Procura, Mohamed.
– Per riconoscere lui? Domani?
– Adesso.
– Ma, – e qui compulsò l'orologio da polso, una patacca vistosa... be', vistosa di sicuro, patacca, hai visto mai... – fra mezza ora apre pizzeria di Ahmed, io porto dentro comitive di turisti...

Quando Cianchetti era in action, però, inutile protestare. Prima di andar via con Mohamed, l'ispettora allungò venti euro al povero Husain, che se ne era rimasto per tutto il tempo in attesa di chissà quale castigo, e lo salutò con una pacca sulla schiena.

Mentre si avviavano in Procura, Mohamed chiese la parola.

– Posso dire una cosa, commissario?
– Chiariamo un fatto, io non sono commissaria. Ispettora, okay?
– Va bene, scusa.
– Dimmi pure.
– Tu hai dato troppo a Husain. Poi lui si monta testa e lavora male.

Mezz'ora dopo, Mohamed controfirmò il verbale di riconoscimento fotografico di Giovanni Donati.

Il volto sorridente del sous chef occupava l'intero schermo del Pc di Gavina Orrú.

28.

PROCURA DELLA REPUBBLICA DI ROMA

Richiesta di giudizio immediato nei confronti di

DONATI GIOVANNI, detenuto, imputato del duplice omicidio aggravato dall'uso di veleno e dalla premeditazione in danno di MARINI CESARE e MICHELI VLADIMIRO.

BRACCO DORIANA, BONETTI ACHILLE e ZULIAN GUIDO, liberi, imputati di concorso in lesioni dolose plurime e aggravate in danno dei clienti presenti la sera del... u.s. nel ristorante *Controcorrente*.

Fatti commessi in Roma...

A seguito di complesse indagini condotte da questo ufficio, e in particolare dall'isp. DEBORAH CIANCHETTI e dall'ausiliaria di Pg GAVINA ORRÚ, relative al decesso di Micheli Vladimiro e Marini Cesare, si accertava quanto segue:

La sera del 20 luglio... MICHELI e MARINI, unitamente ad altre persone presenti all'interno del ristorante *Controcorrente* di Roma, manifestavano stranezze comportamentali dopo aver ingerito un piatto di alta cucina denominato «Alice nel Paese delle Meraviglie», creazione di MARINI, contenente funghi allucinogeni (*Psilocybe semilanceata*).

Mentre tutti gli altri intossicati smaltivano in breve tempo gli effetti della sostanza tossica, il 22 luglio successivo MICHELI, colonnello dell'esercito in servizio presso lo Stato Maggiore, decedeva a seguito del sopravvenuto avvelenamento da *Amanita Falloide*, fungo contenente una tossina mortale.

Il successivo 27 luglio veniva rinvenuto il cadavere di MARINI. Si constatava che anche in questo caso il decesso era dovuto a intossicazione da *Amanita Falloide*.

Il rinvenimento all'interno del locale *Controcorrente* di una microspia, che risultava attivata a seguito di autorizzazione del procuratore generale su richiesta dell'Aisi (Agenzia per i Servizi di sicurezza interni) nell'ambito di attività di tutela della sicurezza nazionale, induceva a ritenere possibile che il movente del duplice omicidio discendesse dalla predetta attività. Il sospetto era rafforzato dal ruolo ricoperto dal col. MICHELI e dal fatto che l'ufficiale era in possesso di NO COSMIC della Nato. Ma le indagini in questa direzione non approdavano a nulla, e si poteva pacificamente escludere che la morte del colonnello derivasse dal suo ruolo istituzionale.

In esito a ulteriori indagini, e grazie alle informazioni desumibili dall'attività di intercettazione telefonica, quanto mai necessaria ai fini dell'accertamento della verità, emergeva, di contro, che gli imputati BRACCO, BONETTI e ZULIAN avevano volontariamente mescolato ai funghi commestibili un quantitativo di *Psilocybe*. Tutti costoro dichiaravano (BRACCO nell'immediatezza del suo fermo, BONETTI il giorno successivo, ZULIAN in seguito) di aver voluto «giocare uno scherzo» a MARINI, chef del ristorante, per punirlo della sua condotta aggressiva e sconveniente, indurlo a un miglior comportamento, e in generale per metterlo in cattiva luce, anche a costo di rovinargli la reputazione. Tutti e tre, però, negavano recisamente di aver avuto l'intenzione di uccidere, e non sapevano spiegarsi la presenza dell'*Amanita Falloide*.

Le dichiarazioni di cui sopra inducevano ad approfondire la personalità di chef MARINI, che risultava connotata da violenza, aggressività e prepotenza. Emergeva che l'uomo era stato allontanato da una popolare trasmissione televisiva dopo che una mail anonima aveva denunciato un episodio di violenza commesso da MARINI in danno di un giovane aspirante chef. L'autore della mail veniva identificato in GIOVANNI DONATI, sous chef del ristorante.

Arrestato, l'uomo negava ogni addebito, asserendo di essere stato all'oscuro del piano dei tre altri imputati, e di avere nutrito sempre una vera e propria venerazione nei confronti di MARINI. L'assunto era confermato dagli altri imputati, che non provavano alcuna simpatia per DONATI, e lo definivano «il barboncino di Marini».

Tuttavia, l'analisi del telefono cellulare di DONATI contraddiceva questa versione. La sopracitata GAVINA ORRÚ, avvalendosi di una sofisticata strumentazione alla quale era stata autorizzata dallo scrivente ad accedere, strumentazione in possesso della società israeliana BERNAYS, riusciva a «bucare» l'apparecchio. Veniva repertato un video nel quale BRACCO, ZULIAN e BONETTI discutevano del piano per intossicare con il fungo allucinogeno chef MARINI. Analoghe analisi condotte sul Pc in uso all'imputato e su altri device a lui riconducibili evidenziavano ricerche sui funghi tossici.

A questo punto l'imputato, superata l'iniziale reticenza, nel corso di un lungo interrogatorio, ammetteva l'addebito, rendendo ampia confessione. Si riportano alcuni brani significativi delle sue dichiarazioni autoaccusatorie:

«Quando sono venuto casualmente a conoscenza del piano dei miei tre colleghi, la prima intenzione è stata di denunciarli a chef Marini. Un profondo legame mi univa a Cesare, e sentivo di doverlo mettere in guardia dall'invidia di quei mediocri. Sapevo che sparlavano di lui, però non pensavo che sarebbero giunti a tanto. Quando ero sul punto di dirgli tutto, Cesare mi confidò che aveva intenzione di vendere il *Controcorrente*, o comunque di lasciarlo. Gli domandai quindi se, secondo lui, avrei potuto conservare il marchio e proseguire la gestione, e lui scoppiò a ridere, mi disse che il marchio se lo sarebbe portato appresso dappertutto nel mondo, perché era suo, soltanto suo, e nessuno avrebbe potuto mai contenderglielo. Allora gli chiesi: che cosa intendi dire con «dappertutto nel mondo»? Hai già un'idea, degli accordi? E lui mi rispose che stava trattando con gli sceicchi per andarsene a Dubai. A questo punto lo supplicai di portarmi con lui, e Cesare scoppiò di nuovo a ridere, e prese a insultarmi. Disse che ero un mediocre, «una mezzasega» fu l'espressione esatta. Che dovevo ringraziarlo se ancora mi teneva con sé. E altre cose che mi fecero capire che non mi stimava, non mi aveva mai stimato. Io mi ritirai, facendo finta di niente. Ma dentro mi sentivo morire. Avevo consacrato tutta la mia vita a quell'uomo, e questa era la ricompensa. Gli ero stato fedele, devoto. Gli ero stato cosí fedele e devoto da coprirmi di ridicolo: «il barboncino di Cesare», mi chiamavano. Credevano che non lo sapessi, ma io lo sapevo. Sapevo ogni cosa. Ciò che non sapevo era quanto malvagio potesse essere Cesare. Signor magistrato, loro volevano punirlo perché pensavano che fosse arrogante, duro, forse perché aveva bruciato la mano di quel disgraziato. Ma sbagliavano. Quelli che per loro sono difetti, per uno che vuole emergere nel mondo dell'*haute cuisine* sono qualità preziose. La cucina non è un posto per cuori teneri e spiriti deboli. Qui è una trincea, si è in guerra ogni singolo minuto della giornata. In cucina ci vogliono generali e soldati semplici. Cesare era il nostro generale. E io mi ero illuso di essere il suo braccio destro. E invece... Allora mi è montata una grande rabbia. Ho rivisto lui, me, la mia intera vita, sotto una luce diversa. Ma chi cazzo sei, chef Marini, mi sono detto. Un montato. Uno che si crede il Padreterno ed è solo un cuoco come tutti gli altri. E ho provato il desiderio bruciante di fargli del male. Distruggerlo. Una volta per sempre. E quale occasione migliore della farsa che quei mentecatti volevano mettere in scena? Per me è stato un gioco da ragazzi mescolare un mezzo fungo velenoso al piatto d'assaggio di Cesare. Non volevo fare una strage, quel poveraccio del colonnello non meritava di morire... e anche Cesare... volevo... dovevo punire lui, l'anima nera... Ma è bastato un attimo di distrazione, e lui ha mescolato gli avanzi a una delle portate. All'ultimo minuto. Il fatto è che il colonnello, quel poveraccio, cambiò idea. Aveva ordinato un piatto diverso, una fantasia di verdure, se non ricordo male, ma poi richiamò Guido Zulian e volle Alice nel Paese delle Meraviglie. Quello che avevamo in cucina era insufficiente, l'impiattamento sarebbe stato imperfetto... e Cesare, come faceva sempre, truccò un po' le carte, aggiungendo... Insomma, è andata cosí. E quando me ne accorsi, glielo giuro, dottore, era troppo tardi...

Si chiede pertanto alla SV (*omissis*)

In Roma, il...

Il Pm dr Manrico Spinori

29.

Brunella salutò la fine della lettura con un applauso. Orrú finse imbarazzo per la citazione del suo ruolo nell'indagine. Ma ne era compiaciuta, eccome.

– C'è andato leggero coi Servizi, – fu il commento di Deborah Cianchetti.

– Diciamo che ho sorvolato su qualche dettaglio irrilevante.

– La figuraccia del video! Chiamiamolo dettaglio irrilevante... Però, mica se so' fatti senti', gli spioni... e pure il procuratore... una specie di club di muti... mah!

– La migliore parola è quella che non si dice, Cianchetti.

– Guardi che è una cosa dei mafiosi, – osservò Brunella.

– Preferisco pensare che sia una cosa da saggi. Siamo circondati da gente che parla in continuazione di tutto, specie di certe stupidaggini delle quali non frega niente a nessuno...

– Che storia però! – Orrú scuoteva la testa.

– Se fossi un difensore, chiederei per Donati la perizia psichiatrica. Potrebbe sostenere che è affetto da sindrome di Procuste.

– Ma non era quello che tagliava i piedi alla gente?

– Esatto, Brunella! Sí, proprio cosí. Sindrome di Procuste, quando ti senti inferiore e vuoi distruggere quello che sai essere superiore a te. Una volta la chiamavano anche «la sindrome dell'anziano assistente universitario», cioè l'eterno secondo che ingrigisce all'ombra del capo finché non si ribella e gli dà una coltellata.

– Specie se il capo, pace all'anima sua, è uno pessimo, – non mancò di rimarcare Deborah.

– Ma agli occhi di Donati il problema non era che Marini fosse spietato e carogna. Era la differenza fra loro che gli bruciava. Se avesse avuto il potere, credo che Donati sarebbe stato anche piú crudele...

Passato ferragosto, Roma riapriva i battenti. Come il baretto fuori su via Romei dove era piacevole prendersi un caffè e una limonata sotto un ampio ombrellone. L'anomala sede scelta dalla squadra era un'oasi di rilassatezza in cui godersi il piccolo trionfo di un'altra inchiesta «portata a casa». Cianchetti rigirava fra le dita il biglietto da visita di Mohamed.

– Lo sapete che questi del Bangladesh c'hanno in mano tutto il turismo a Prati? So' 'na legione, so'!

– Ti dispiace, Deborah? – Orrú, lievemente ironica.

– No. Però me fa strano... a momenti tocca passa' da loro pure pe' anna' dar papa!

– Si dànno da fare, – osservò Manrico, – come facevano i nostri antenati in Argentina o a New York... li chiamavano *wops*, guappi, e poi sono diventati sindaci, governatori, presidenti, grandi imprenditori...

A sor conti', e l'ho letto pure io il libro *Cuore. Dagli Appennini alle Ande* e *bum* e *bam*, pensò Deborah. Dimmi piuttosto dell'opera, che te piace tanto e che stavolta non è che proprio t'ha dato 'na mano. E questo lo pensò e lo disse pure.

– Non metta il dito nella piaga, Deborah! – ammise il

Pm. – L'opera non c'entra. Sono io che mi sono perso. Troppa confusione, troppo...

Troppa gatta morta, si disse Deborah, pensando alla bella spia. Ma non era il caso di esagerare.

– Eppure ce l'avevo sotto gli occhi, – riprese Manrico, – una congiura... congiura e veleno, come nel *Simon Boccanegra*...

– Questo me manca, – sorrise Deborah.

– E mica solo a te! – e qui Brunella rise.

– Simon Boccanegra è un corsaro che viene dal popolo, e diviene doge perché è un grande guerriero e il popolo lo ama. Ma i patrizi lo odiano, e alla fine muore avvelenato.

– I patrizi so' sempre stati i peggio! – proclamò Cianchetti.

– Però, congiura mi fa pensare a *Giulio Cesare*...

– E come no, Gavina! Cesare... Cesare Marini... ve l'ho detto che ce l'avevo sotto gli occhi, ma... il *Giulio Cesare* storico, quello di Händel è un Cesare trionfante, un vincitore... qui avrei piuttosto dovuto pensare al *Giulio Cesare* di Giorgio Battistelli.

– Che? – fece Deborah.

– L'opera di un maestro contemporaneo.

– Ma che, nun so' tutti morti?

– I grandi classici, – rise Manrico, – ma per fortuna di opere se ne fanno ancora.

– Tipo *Cenerentola* e... aspetti... *Il gobbo di Notre-Dame*, quello che hanno dato al Sistina? – s'informò Brunella.

– Be', non proprio. Diciamo che quelli sono musical...

Poi si passò all'argomento ferie. Ne avevano tutte e tre d'avanzo, dopo il rientro anticipato. Orrú aveva finalmente convinto il suo storico compagno Filippo a unirsi alla famiglia matriarcale in Sardegna. Deborah stava per raggiungere in Puglia Diego Cosenza. La missione era andata bene. E c'era una casetta sul mar Jonio affittata per una settimana.

– E lei, Brunella?

– Io... e lei? – rilanciò la donna, con uno sguardo triste che urlava «solitudine».

– Sabaudia.

Epilogo

Sabaudia. Sabaudia. Sabaudia. Stabilimento *La Medusa*. Calice di champagne extra brut ghiacciato. Panoramica sul mare. Qualche vuoto fra gli ombrelloni. Pace. Alex con sua madre, per un viaggio che dall'Alaska li aveva portati in Canada. Rade telefonate. Vuol dire che se la passavano entrambi bene. Donna Elena aveva infine perdonato Camillo. Fatma si era conquistata un ruolo da massaggiatrice e confidente della contessa. Anche il maggiordomo la trovava simpatica. Il cellulare di Fatma veniva requisito all'ingresso e riconsegnato alla partenza, onde evitare pericolose tentazioni da parte della contessa madre.

E cosí la storia finiva dov'era cominciata. Sul litorale. E già una vena di malinconia cominciava a insinuarsi. Un minuscolo, impercettibile, eppure insistente, granellino di horror vacui...

– Posso sedermi?

Stefania Baldini avvolta da un velo rosso che lasciava intuire un due pezzi bianco e alquanto ridotto. Suo malgrado, il cuore gli trasmise una pungente scossa elettrica.

– È un posto pubblico, – rispose lui. Ma subito dopo aggiunse: – Scusa, sono felice di vederti.

– No, niente scuse, – e prima di sedere accanto a lui, lo sfiorò con un bacetto, – merito di peggio.

– Prendi qualcosa?

– Magari dopo. Domani terremo una conferenza stampa sul caso Micheli.

– Ah, ve ne occupate ancora?

– Il colonnello sarà completamente riabilitato.

– Ci avete messo un bel po' di tempo...

– Quello che serviva, Manrico. Se hai la pazienza di ascoltarmi, ti racconto tutto...

Ecco com'era andata. Un bel giorno il colonnello Micheli chiede udienza ai capi dell'Aisi. Un sedicente giornalista russo si è presentato da lui con delle foto compromettenti. Lo scandalo starebbe nel fatto che l'ufficiale è gay, e il russo pensa di poterlo ricattare per via della sua inclinazione.

– Il che, magari, Manrico, a Mosca succede pure, ma qua da noi... Te l'ho detto, no? Non siamo piú quelli di una volta...

I Servizi, infatti, non solo sanno che Micheli è gay. Lo sanno perché è stato lui a rendere pubblica la cosa. E da anni. Il che non ha ostacolato in nessun modo la sua brillante carriera. A questo punto, dunque, gli viene detto di incoraggiare il russo. Seguono vari incontri, monitorati con il consenso dello stesso Micheli.

– La microspia!

– Esatto.

Al russo interessano certe informazioni strategiche. In cambio offre denaro, viaggi, protezione.

– Quanto denaro?

– Cinquemila euro a informazione.

– Miserabili.

– Pulciari. Ma non hai idea, Manrico, di quanta gente si venda per molto meno. Comunque. Passiamo a Micheli due notiziole, e lui le gira al russo. Il rapporto si consolida.

«Il russo crede di potersi fidare. A questo punto rilanciamo. Micheli ha capito che non è il solo. Ci sono altri, anche con gradi superiori al suo, che collaborano coi russi. Ma questi sono veri traditori.

«Abbiamo bisogno di sapere chi sono. E decidiamo di vendere al russo una polpetta avvelenata. Lo scambio avviene proprio quella sera...

«Micheli ha fornito al russo un'informazione riservata fasulla. Il russo dovrà verificarla, e poi rimetterla in circolazione. Per farlo, si appoggerà ai suoi altri contatti in Italia.

– Ma non è un po' macchinoso?

– Adesso non è che posso proprio scendere nei minimi dettagli. Ti sto già dicendo troppo, okay?

– Okay.

– Che stai bevendo?

– Ordino anche per te.

Manrico andò al bancone e si fece versare un altro calice ghiacciato. Poi ci ripensò, e portò al tavolo l'intera bottiglia.

– Ma proprio quella sera, – riprese Stefania, facendo cin cin, – succede quel che succede... e il russo s'insospettisce e leva le tende.

– Il colonnello muore, e io intanto avevo trovato la microspia...

– Esattamente. L'intera operazione rischiava di andare a monte. Poi ci è venuta l'idea...

– È venuta a te, vero?

Lei annuí, con un sorriso incantevole.

– Facciamo credere al russo che lo sospettiamo di aver ucciso il colonnello perché avevamo capito che stava tradendo. Lui si convince di aver messo le mani su informazioni preziose. Noi speriamo con tutte le nostre forze che faccia ciò che ci aspettiamo da lui. Che rimetta in circolo quelle informazioni, in modo da poter risalire ai traditori. Perché accada, abbiamo bisogno che si senta sicuro. E perché si senta sicuro a noi serve...

– Tempo, – completò Manrico.

– Alla salute, signor conte!

– Per questo il video fake, per questo le notizie che uscivano su siti e giornali. Per questo persino la comparsata televisiva del compagno di Micheli.

– A un certo punto abbiamo dovuto coinvolgerlo.

– Ma lui vi ha attaccati!

– Un tocco di realismo a beneficio di Santa Madre Russia. Comunque, c'è il lieto fine. Stanotte arrestiamo i traditori. Ed è anche merito tuo.

– Io? Semmai io vi ho messo i bastoni fra le ruote.

– Sei stato un inconsapevole collaboratore.

– Che mondo contorto, il tuo!

– Che mondo ideale, il tuo! – replicò lei.

E chiese a Manrico di passarle il cellulare. Lui eseguí. Stefania si fece dare la password e smanettò. Poi mostrò a Manrico un puntino giallo che era comparso, come per miracolo, in alto a destra sul display.

– Quando torni a Roma, comprati un nuovo smartphone... Lo vedi questo piccolo segno giallo? Significa che il tuo cellulare è infettato. Hai un software zero click che registra le tue conversazioni e mantiene il materiale per quarantott'ore.

– Devo supporre che me lo abbia inoculato una persona con la quale mi sono trovato... cerco l'espressione adatta... a stretto contatto?

Stefania non poté che ammirare la compostezza.

– Supposizione esatta.

– E posso anche supporre che quel contatto sia stato provocato allo scopo di procedere al controllo del mio cellulare?

– No, – rispose lei, decisa, e gli posò una mano sul braccio, – c'è stato un incontro fra due persone che si piacciono. A me tu piaci, Manrico. E credo di piacere a te...

Manrico sospirò. Da un lato, Stefania gli aveva appena detto: sto dalla parte giusta. Il tuo vecchio amico diplomatico non sbagliava nel dire: fidati di lei. Dall'altro lato, era stato usato. Manipolato. E se ci fossero stati un terzo, un quarto, un quinto lato lui avrebbe continuato a desiderarla, la volpe dall'occhio guizzante.

– Sei un uomo onesto, leale, forse un po' indifeso, – sapeva anche usare toni morbidi, rispettosi e delicati, Stefania, – questo è un mondo scivoloso. Non dovrei perdere tempo con te. Potrei anche seriamente farti del male. Ma che ne dici se affrontiamo la questione domani?

E si avviarono mano nella mano.

Ringraziamenti.

Un ringraziamento particolare a Giuseppe Cascini, Corrado Cipolla D'Abruzzo, Maria Chiara David, Stefano Ferracuti, Vittorio Fineschi, Simona Marazza e al giovane chef Giacomo Borgia: persone amiche alle quali sono tributario. Grazie per aver dedicato il vostro prezioso tempo alle mie insistenti curiosità. E grazie allo staff di Einaudi Stile Libero e all'impareggiabile Rosaria Carpinelli.

Einaudi garantisce la gestione sostenibile delle risorse forestali e usa carta HOLMEN certificata PEFC con fibra vergine proveniente da foreste sostenibili
www.holmen.com/paper

Questo libro è fabbricato da Grafica Veneta S.p.A.
con un processo di stampa e rilegatura certificato 100% carbon neutral
in accordo con PAS 2060 BSI.

Stampato per conto della Casa editrice Einaudi
presso Grafica Veneta S.p.A. - Stabilimento di Trebaseleghe (Pd)

C.L. 26931

Edizione					Anno			
4	5	6	7	8	2025	2026	2027	2028